文春文庫

MILK

石田衣良

文藝春秋

M I L K

目 次

目　次

M I L K

坂の途中

「四十歳になると、やっぱり男の人も弱くなるのかな」

会社近くのスターバックスで、津田友里恵《つだゆりえ》はそういった。

「弱くなるって、なにが。セックスのこと？」

同僚の足花涼子《あしはなりようこ》があははと笑って、質問してきた。ふたりはおおきなテーブルの角をつかっていた。ふたつ席を空けたななめむかいで、女子高生が試験勉強をしている。ちらりと顔をあげて、こちらをにらんだ。不潔と顔に書いてあるようだ。

「涼子ちゃん、ちょっと声がおおきい」

「まあ、いいじゃない。大事な話があるからって、つきあってあげてるんだから」

オープンで明《あ》け透《す》けなところが、涼子のいいところだった。友里恵にはたくさんの女友達がいたが、ベッドのことを相談できるのは涼子だけだ。

「そうか、友里恵のダンナ、大台にのったんだもんね」

夫の月彦《つきひこ》は三カ月まえの誕生日で四十歳になった。当人はちょっとショックだったらしい。いよいよ自分もおじさんだと嘆いていた。

「あなたんとこ、レスなの？」

涼子はあっけらかんと、きわどいところを突いてくる。セックスレスの定義はさまざまだけれど、確か健康な夫婦やパートナーのあいだで、三カ月以上性交渉がないことだったと思う。

「違うよ。月に一回くらいはあるもの」

涼子はにやりと笑った。

「ふーん、友里恵も三十五だもんね。だんだんと坂道がわかるようになってきたんだ」

「坂道って、なに」

同僚はアイスのソイラテをのんでいった。

「性欲の坂道だよ。わたしも三十代なかばから、ものすごくやりたくなったから」

涼子は友里恵の三歳うえだから、今年三十八になる。

「そういうものなの」

「そう。で、女の性欲のピークは四十代なかばらしいよ」

これからまだ十年もあるのか。顔がしわだらけになって、胸も尻も垂れてくる。おなかだってでてくることだろう。ぽっちゃりから、でっぷりになるのだ。だんだんと容姿は衰えていくのに、果てしない欲望の坂道をこの先十年ものぼらなければならないのか。残酷なものだ。友里恵は絶望的な気分になった。

「涼子ちゃんも三十五のときより、今のほうが強くなった？」

「うん、強くなった。昔はさ、誰でもいいからやりたいみたいには、こんなわたしでもさすがに思わなかったんだよ。それが今じゃ、性犯罪者の気もちがわかるから。とくに朝起きたばかりで、頭がぼんやりしてるときとかさ。ダンナ以外の男なら誰でもいいから押し倒したいって思う」

さすがに笑ってしまった。女子高生は腹を立てたようで、ノートを閉じ帰りじたくを始めた。声を抑えて友里恵はいった。

「わたしのほうは、それほどでもないかな」

「これからだよ、これから。相談ってなんなの、早く吐いてらくになっちゃいな」

友里恵の頰が熱くなった。さすがに具体的に夫婦のベッドについて話すのは、勇気が必要だった。性は隠すものという両親や社会に与えられた教えに自分は今も縛られている。

「その月に一回くらいのことなんだけど」

「はいはい」

「だんだんと手抜きになってきているような気がして」

定期点検のために月に一度くらいスイッチをいれて、きちんと動くか試す。設備のチェックのようだった。月彦はいつもそんな熱のない調子だ。腕組みをして涼子がいった。

「月に一度で足りてるの」

「足りてないけど、その一回をもっと充実させたいというか」

「あー、そういうことね。友里恵にもこうしてほしいっていう願いはあるんでしょう」

返事が一拍遅れた。

「……あるけど」

「わたしの好きな作家さ、セックスレスの対処法をどこかで書いてたんだ。それによると、男も女も自分の性的なファンタジーをもっと相手に伝えたほうがいいんじゃないかって。お酒とかのんで酔っぱらえばだいじょうぶだから、セックスについてコミュニケーションをとったほうがいい。おたがいに創意工夫をしたら、必ず盛りあがるからって」

もう結婚して七年目になる。つきあいだしてから、十年近くだ。その相手に自分の性的なファンタジーを口にできるだろうか。ファンタジーといえば言葉はきれいだが、自分がどんなことでもっともやらしい気もちになるかという題材だ。友里恵は即座にいった。

「絶対にムリ」

「そんなこといってたら、一生おざなりエッチのままだよ。性欲の坂道を誰にもなにもいわずにとぼとぼ淋しくのぼることになるんだよ」

考えただけで、恐ろしかった。なぜかわからないけれど、夫婦の場合、性的なトラブルはすぐに相手への人格攻撃に飛び火する。セックスレスの夫婦は離婚が多かった。友里恵のまわりにも、そんなカップルはいくらでもいる。

「やっぱりそうだよね、だけど、今さらねえ」

「わたしはわかるよ、そっちの好み。友里恵って、基本ドMだから、嫌だ嫌だっていいながら、めちゃくちゃにされるのが好きだよね」

はあっとため息をついた。そのとおりなのだ。性的な想像力には型があるようで、友里恵の場合この十数年来、同じ妄想を抱き続けてきた。

「涼子ちゃんが男だったら、わたし絶対につきあってる」

「あはは、それは残念。だけどさ、はずかしいのはなんでも最初だけじゃない。ちょっとチャレンジしてみなよ。一歩踏みだして状況が変わったら、また相談にのるからさ」

友里恵は腕時計に目をやった。婚約記念に月彦からもらったスイス製の精巧なブレスレットウォッチだ。だいぶ傷はついたけれど、今も正確に時を刻んでいる。文字盤の真珠貝が薄曇りの空のように鈍く光っている。

「わかった。がんばってみる。そろそろ昼休みも終わりだから、いこう」

帰りぎわに休み時間にたべるためのシュガーコートのドーナツを涼子の分まで買って、相談のお礼にした。ちょっと怖いけれど、よし、やってみよう。

友里恵が選んだのは、月彦の会社の近くに最近オープンしたピッツェリアだった。ナポリで修業してきたというシェフの店で、いつも行列ができている。梅雨の晴れ間の金曜で、行列はいつもの二倍近い長さで山手《やまて》通り沿いにながながと延びていた。

「おおすごいなあ。予約しておいてよかった」

夏もののジャケットを脱ぎながら、月彦がいった。窓際の席で、となりとのあいだにおおきな観葉植物がおいてある。ついている。これならなにを話してもだいじょうぶだろう。そうはいっても、涼子のように急にセックスについて口にすることはできなかった。そのかわりに友里恵がしたのは、クリームのように口あたりがいいチーズをのせたピザを冷えたスプマンテで流しこむことだった。理性が半分吹き飛ぶくらい酔わなければ、ずっと胸の底であたためてきた性的ファンタジーなど、とても人にはいえなかった。相手は今後何十年もいっしょに暮らさなければならない夫なのだ。ハードルは高い。

ピザ三切れとスプマンテ五杯で、友里恵はかなりできあがってきた。月彦のつまらない冗談がすべて傑作に思え、笑いがとまらなくなる。いよいよ金曜日の決戦だ。友里恵はうわ目づかいで切りだした。

「あのね、このまえ涼子ちゃんがいってたんだけど、女性の欲望が一番強くなるのは四十五歳なんだって」

おやっという顔で、夫が自分を見ている。なんだか愉快だ。どう返事をしていいのか、迷っているようだった。

「三十代からじりじり盛りあがっていくから、女の坂道っていうんだって」

さすがに性欲という言葉はつかえなかった。

「ふーん、そうなると友里ちゃんがピークの四十五のとき、こっちは五十歳か。男の場合はずっとまえからくだりの坂道だな」

女はのぼり坂、男はくだり坂。それぞれの坂道の途中のどこかで出会うこともあるのだろうが、それは一点にすぎなかった。あとはどんどん格差が開いていくだけだ。

「それでね、わたしはその坂道が始まったくらいらしいんだ」

月彦は神妙にきいている。グラスが空《から》なので、友里恵はお代わりを注文してあげた。

「わたしたちもそろそろ考えたほうがいいんじゃないかな。このままいったら、セックスレスになりそうだもん」

「えっ」

びっくりした顔で、夫がこちらを見ている。いきなり離婚でも切りだされたようだった。あわてて友里恵はフォローした。男のプライドはティッシュのように薄いから、傷をつけたらたいへんなことになる。

「待って、待って、そんなに真剣な話じゃないから」

「セックスレスかあ、最近友達もその話をしてた。うちはそういうのじゃないと思ってたけど」

友里恵は手を振っていった。

「そうなの、うちはぜんぜん心配ないと思うんだけど、あなたも四十歳になったでしょう。だから将来のことを考えて、今からなにかしておけることはないかなあって、そう思ったの」

友里恵は必死だった。その必死さを相手に悟らせないために、懸命に明るく軽々と振る舞っている。妻のこんな気もちに気づかないのだから、夫婦などかんたんにわかりあえるはずがなかった。

「そうかもしれないな」

月彦のいいところは、素直で女性のいうことにもきく耳をもっているところだった。ここだ、友里恵はすかさずいった。

「あなたはわたしになにかしてほしいことはないの」

冷めたピザをうえからのぞきこむようにして、月彦は考えこんでしまう。

「うーん、別にないなあ」

残念だ。友里恵はそれでもねばった。

「週刊誌のグラビアとか見ると、いろいろあるじゃない？　ＯＬ風の格好とか、網タイツとか、男の人ってああいうものに燃えたりするんじゃないの」

月彦が望むなら三十五歳にして人生初のセーラー服にチャレンジしてもよかった。友里恵の高校の制服はブレザーである。

「そういうやつもいるんだろうけど、ぼくはそうでもないな。写真とかで見ると、悪くないとは思うんだけど」

もともと月彦はなにごとにもこだわりのない性格だった。それが性的な欲望にまで表れてしまうのか。想像力というものはないのだろうか。友里恵はがっかりした。だが、意外なところから月彦が助け船をだしてくれた。

「ぼくのほうはともかく、友里ちゃんはなにかないの。これが燃えるっていうやつ」

十年つきあって、そんな質問をされたのは初めてだった。やった。でも、こういうときこそ、いきなり全部ではなくすこしずつ伝えなければならない。引かれてしまったら終わりだ。友里恵にしてはめずらしく酔った振りをした。

「えー、そんなこときくんだ。もっと酔わなきゃこたえられないよ。もう一杯のんでもいい？」

「どうぞ、どうぞ」

にこにこしながら、夫がこちらを見ている。新しく注がれたスパークリングワインを半分一気にのんで、友里恵はいった。

「わたしね、高校生のときに女友達といっしょに名画座にいったんだ。ヨーロッパ映画の二本立てで、そのうちのひとつにすごいシーンがあった。男が女を縛りあげて身動きできないようにしてから、口紅を塗るの。それからけっこう激しいキスをしてレイプしちゃうんだけど」

思いだしただけで、危なかった。それをこの人に話しているのだ。友里恵の腹の底が熱くなった。月彦の感想は軽いものだった。

「へえ、そういうのがいいんだ」

こちらが崖《がけ》から飛びおりるような気もちで告白しているのが、ぜんぜんわかっていない。でも、いいだろう。すべて話してしまおう。

「映画の帰り、喫茶店に寄ったの。わたしがあのレイプシーンがよかったっていったら、友達はびっくりしてた。反応がぜんぜん逆で、気分が悪くなったって。ああ、これは人にはいわないほうがいいことなんだって、そのときに思った。わたしだって実際にそんな目にあいたいわけじゃないしね。でも空想のなかではいいなあって、ちょっとだけ思う」

ちょっとだけどころではなかった。眠れない夜には、そのとき好きな俳優やスポーツ選手の顔を拝借して、何度も襲われる場面を想像した。友里恵にとっては誰にも絶対口にできない最大の秘密だ。月彦の反応はここでも軽かった。

「へえ、そんなことくらいなら、試してみようか」

「いいの？」

声が裏返りそうになる。こんなにかんたんに運ぶなんて。涼子にお礼をいわなければ。

「うん、それくらいならむずかしいことでもないし。今度、試してみよう」

この人と結婚してよかった。すくなくとも、あのときの女友達とは違う。彼女とは高校を卒業してから疎遠になってしまったが、そんなふうに感じるなんて気もちが悪い、信じられないといったのだ。

友里恵は最後の一杯を注文して、作戦のつぎの段階を考え始めた。

ネットで買いものをするのが、あまり好きではなかった。

だが、ロープなどどこで売っているのかわからないし、売っていたとしてもとてもひとりでは買いにいけないだろう。ロープの代わりに友里恵がネットで見つけたのは、ボンデージテープだった。接着剤も結び目もなしに、身体に巻きつけるだけでぴたりととめられる。使用済みのテープは、つかい捨てというのもよかった。色は赤白黒青とあったが、赤を選んだ。口紅はいつもつかっている高級なブランドではなく、日本製のそこそこのものにした。普段なら絶対に塗らない鮮烈な赤である。夜のルージュは生々しければ、生々しいほどいいのだ。下品に濡れ光ってくれなければ困る。

決行は翌週の土曜夜に決まった。

それぞれ別々に風呂にはいる。明かりを落とした寝室には、冷たいビールと友里恵の好みの香が用意してある。こんなときには子どもがいなくて、よかった。もう二十代とは違って、裸でバスルームからでる勇気はなかった。黒いフィッシュネットの全身タイツは胸と局部に穴が開いているが、二千円もしないものだ。

「はずかしいな」

ぴょんぴょんと跳ねるように全身タイツの友里恵はベッドにむかった。月彦はいつものTシャツと短パン姿である。あまりいい雰囲気ではなかった。素肌に白いシャツでも着てくれたらよかったのに。

「おっ、友里ちゃん、そのタイツいいね」

月彦がほめてくれたので、うれしかった。友里恵はすねてみせた。

「友里ちゃんじゃなく、友里恵って呼び捨てにして」

「わかった。じゃあ、こっちにおいで」

友里恵はベッドに腰かけた。月彦の手には幅の広いビニールのボンデージテープがある。

「ぐるぐる巻きにすればいいんだよな。両手はどうすればいいのかな」

そんなことは友里恵にもわからなかった。手をまえで縛れば、うつぶせになったとき苦しいだろう。うしろ手なら、正常位がつらい。

「わからないけど、普通に横に垂らしたままやってみたら」

初めてのチャレンジなのだ。うまくいかなかったら、次回から工夫すればいいだろう。月彦はおおきな荷物でも梱包《こんぽう》するように、何重にも友里恵の身体にテープをかけていく。ベッドの端に背を伸ばして座り、風呂あがりの夫が自分を縛っているのは、いい気分だった。ひととおり巻き終えると、月彦が額の汗をぬぐっていった。

「こいつはけっこう重労働だな」

友里恵の乳房は上下から圧迫されて、赤いテープのすきまからひしゃげて突きだしていた。てのひらで丸く円を描くようにふれながら、月彦がいった。

「どうだ、友里恵」

声を抑えるのが、たいへんだった。小魚のように身体が跳ねそうになる。

「あなた、そこのテーブルに口紅あるの。塗ってくれない？」

月彦は口紅のキャップをはずすと、友里恵のあごをつまんだ。正面に座って、正確に唇の輪郭をなぞろうとする。

「そんなにていねいじゃなくていいの。ぐりぐりはみだして、唇を犯すみたいな感じで」

月彦の声はかすれていた。

「わかった」

月彦が後頭部を押さえた。子どもがクレヨンでもつかうように、大胆に塗っていく。前歯のあいだにルージュがはいったが、友里恵はうれしかった。ずっと夢に見ていたことが、今かなおうとしている。

「すごいカッコだな。友里恵、ちょっと立ってごらん」

ふらふらだった。手の反動をつかわずになんとかベッドから立ちあがる。月彦の手が脚のあいだに伸びてきた。若いころは太もものあいだにすきまがあったけれど、今はなくなってしまった。

「すごいな、こんなに濡れるんだ」

嫌々をするように、友里恵は首を振った。自分でも脚のあいだがひんやりと冷たいのがわかっていた。太もものなかほどまで、垂らしているのだ。

「もうなにもしなくていいから、あなたのください」

いつもよりもっとたくさん前戯をしよう。たくさんサービスしてあげよう。そう思っていたのに、友里恵はぎりぎりまで追いつめられていた。あの映画でも、そうだった。まだるっこしい手順など踏まずに、すぐにつながっていたのだ。

「どんな格好がいいんだ、友里ちゃ……友里恵」

崖から身を投げるように、ベッドに倒れこんだ。尻を突きだす。

「お願い」

月彦は短パンとトランクスを脱いで、のしかかってきた。押しつぶされる重さが心地よかった。テープを巻いているせいか、いつもよりずっと苦しい。

「いくよ」

さして抵抗もなく、ずるずると全長が押しこまれてくる。すべてが身体のなかに収まるまえに、友里恵はその夜最初の頂点に駆けあがった。

何度か表にされ、裏にされ、夫とつながった。普段ならしないのだが、身体から抜かれたばかりのペニスを、友里恵は自分からすすんで口にした。しばらくすると、月彦がいった。

「このテープ邪魔だな。よれて細くなってきたし」

「ちょっと待って」

月彦がテープをはがし始めた。

「もういいだろ、最後は抱っこして終わりにしよう」

ずっと自分の快楽に酔っていて気づかなかった。暗い寝室のなかで水をたたえたように光っている夫の目は、ひどく醒《さ》めていた。自分にとっては結婚してから最高の夜が、この人にはたいしたことではなかったのだ。それに気づくと、急速に友里恵の身体が冷めていった。

「やっぱり、これだな」

月彦は最後はいつも正常位で、しっかりと友里恵の身体を抱き締めながらいく。

「すごくいいよ」

夫の腰の動きが速くなった。もうすぐこの人もいくのだろう。友里恵は頭をなでてやった。逆むきの長い坂道の途中で、男と女は一度だけ出会うことがあるのかもしれない。もしかしたら、今夜がその最初で最後の一夜だったのではないだろうか。この人はとてもいい人で、文句のない夫だけれど、わたしを襲うことは別に好きでもなんでもなかった。坂道の未来がわかった。一度こうしてしまえば満足で、きっと二度と縛ったりはしないのだろう。

「いくよ、友里ちゃん」

女性を大切にするように、あの母親や社会からきちんと教わっているのだ。

「わたしもいきそう」

友里恵はエチケットとして、嘘をついた。妻の義務だ。夫の身体を抱きながら、目のまえに延びていく長いながいのぼり坂を思った。その坂の先には、誰もいない。空っぽの青空が広がっているだけだ。

月彦が身体からおりて、ティッシュをわたしてくれた。

「ありがとう、あなた」

友里恵はのろのろと起きあがった。これからバスルームにいって、ルージュを落とし、タイツを脱いで、いつもの妻にもどらなければならない。

M
I
L
K

異性の匂いを初めて意識したのはいつだっただろうか。

緑川雄吾《みどりかわゆうご》はぼんやりと考えていた。デスクのあいだにはパーティションがあり、自分の表情は同僚たちからは見えない。金曜日の就業時間は終わり、あとは四月恒例の新人歓迎会を待つだけだった。週明けに控えた会議の資料はもう手離れしている。雄吾にはたっぷりと甘い思い出にひたる時間があった。

季節は夏だった。

開け放した教室の窓から、セミの声と熱した風が気だるく流れこんでくる。雄吾の席の右どなりには、久間美穂《ひさまみほ》（確か美香《みか》ではなかったはずだ）が座っていて、そのむこうは校庭に面した二階の窓だった。雄吾の市立中学では学年と教室のある階は同じだったので、あれは中学二年生の夏ということになる。

当時の教室には冷房がなかった。久間美穂は特別にかわいいという訳ではなかったけれど、どこか男の子を思わせる凛々《りり》しいショートカットの少女だった。とがったあごの少女は白い開襟《かいきん》シャツのボタンを、いつもよりひとつ余計に開けて下敷きをつかっていた。シャツの胸をつまんで襟元《えりもと》を広げ、風を送っているのだ。引き締まった首筋にはうっすらと汗の膜が張っていた。雄吾は授業などそっちのけで、ちらちらと美穂を盗み見ていた。夏の陽に白いシャツが透けて、少女の上半身の輪郭がおぼろに浮かんでいる。脇のしたや胸の谷間の陰には、いったいどんな秘密があるのだろう。

教室はたるみ切った雰囲気だった。無理もない。公民の初老の教師は黙々と板書するだけだし、午前中最後の授業は体育でプールの時間だった。雄吾自身も猛烈なだるさと眠気を感じていた。何人かの生徒は正々堂々と机に突っ伏し、昼寝をしている。

そのとき、下敷きからの生ぬるい風が雄吾の顔に押しつけられた。お湯で濡らしたティッシュペーパーでもあてられたようだ。鼻のなかに熱をもった空気が手でつかめる固体のように流れこんでくる。この匂いはなんだろう。雄吾が最初に思いだしたのは、母がよくつくる得意料理だった。炒《いた》めた角切りベーコンに下茹《したゆ》でしたカリフラワーを加え、そこにたっぷりの牛乳を流しこむ。ブイヨンをひとつ放りこんで、塩胡椒で味を調《ととの》えれば、カリフラワーのミルクスープの出来あがりだ。簡単だけれど、なかなかおいしい家庭料理である。

そうだ、これは塩を振った牛乳の匂いだ。

それに自分と同じ年の少女の匂いでもある。

汗の匂いと身体の匂い、柔軟剤の匂いにかすかにカルキの匂い。すべてがいり雑《ま》じって、複雑だが、直接神経にふれてくるような異性の匂いをつくりだしている。下敷きで送られた風が、白い開襟シャツをくぐり、久間美穂の肌のおもてを滑り、少女の匂いをたっぷりとふくんで、こちらに流れてきたのだ。黒板には三権分立と権力の相互監視という、教科書とまったく同じ項目が、ひからびた手によって書かれている。

雄吾はようやく気づいた。

自分は今、全力で勃起《ぼっき》している。

夏の制服のズボンのしたで、激しく突きあげてくるものがある。自分でも不思議だった。久間美穂はタイプではなかった。これまで一度もおかずにつかったことはない。もっと美人だったり胸がおおきかったりする女生徒は、クラスのなかにさえ何人かいて、雄吾はそうしたクラスメイトを妄想のターゲットにしていた。

この匂いはなんだろう。

鼻の穴を広げて、目いっぱい吸いこんでみる。

この匂いを忘れないようにしなければいけない。いつでもこの匂いを思いだせるようにしておかなければ、人生を生きるうえで重要ななにかを失うことになる。

ペニスをがちがちに硬直させた十四歳の少年は、命がけで鼻腔をふくらませ、となりの席の少女の匂いを記憶と身体に沁《し》みこませようとした。

「緑川さん、そろそろ先発隊いきましょう」

雄吾はあせった。あの日から二十年が過ぎているが、回想の力は強力で雄吾のペニスは半分充実していた。後輩の清水亮太郎《しみずりょうたろう》にうなずき返す。

「おう、わかった」

雄吾は席を立ちながら、まえを確認した。オフィスカジュアルがありがたかった。チノパンのうえにチェックのシャツを裾《すそ》だしで着て、そこにカーディガンを羽織っていた。ホームページやソフトウエアの制作会社だが、雄吾は文系で営業開発という名のなんでも屋が仕事だった。

中腰でパーティションから顔をだし、ななめむかいのデスクに声をかけた。

「星井《ほしい》さん、いくよ」

星井泉希《みずき》は理系のSEである。偏差値の高い国立大学卒業で、専攻はコンピュータサイエンス。不景気でなければ、雄吾の会社にくるような人材ではなかった。泉希は身長が百七十センチと大柄で肉づきがよく、それを隠すためかジャストサイズよりひとつちいさなリクルートスーツを着ていた。太ももと腰まわりが張りつめて、座っているだけでも横にしわが幾重もできている。

「はい、ちょっと待ってください。もうすぐ終わりますから」

猛烈な勢いのブラインドタッチで、プログラムを打ちこんでいく。新入社員は白いシャツの襟を上着のうえにだしていた。それが中学の制服の開襟シャツを思わせて、雄吾は困ってしまった。会社から近くのイタリアンまで、ペニスを立てたまま無様に歩くのはなんとしても避けたい。

雄吾は誰にも気づかれないように深呼吸すると、妻の摩子《まこ》のことを思い浮かべた。熱をもったペニスを冷ますには、妻のことを考えるのが一番いい。結婚四年目を迎えた雄吾が発見した、それは悲しい真実だった。

妻は三歳年下で、大学時代の友人に紹介されてしりあった。初対面の印象は落ち着いて、控え目な女性というものだった。身体は細く、顔はとりたてて美人ではなかったけれど、笑うとユーモアと小動物のような愛くるしさがにじみでる。当時の三歳差はおおきく、摩子は年上の親戚にでも接するように気をつかってくれた。

三年間の結婚生活は夫の雄吾ではなく、妻の摩子を変えた。今ではどちらが年上なのかわからなかった。妻はマンションが嫌いで、東京で一軒家を買うのが夢だった。共働きだが、その夢のために、雄吾の財布までしっかりと管理している。三十代を迎えて少女の面影は消え去り、多くの働く女性と同じようにやわらかなセクシーさやゆるさは削《そ》ぎ落とされていった。今では夫婦の決定のほとんどを妻がくだし、雄吾はそれに従うだけになっている。三歳年下の摩子が士官で、夫である雄吾は一兵卒だ。部下に厳しい士官は、昨日から風邪を引いて、会社を休んでいる。

雄吾と摩子の夫婦は、この三カ月ほど性交渉をもっていなかった。いや、前回は去年の冬休みだったから、もう四カ月を超えているだろう。冬が終わり、春がきても、ただの一度も身体を重ねていない。

人並みよりも薄口かもしれないが、雄吾にも欲望はあった。週末の夜など、それとなく摩子を求めたこともある。疲れている、そんな気にならない、今は気分じゃない。三回連続した拒否の言葉を、雄吾は正確に覚えていた。月に一度勇気をふるって誘ってみても、毎回やんわりと断られる。そこからセックスレスは夫としてのプライドの問題になった。そちらが軟化するまでは、もうこっちからサインは送らない。ベッドをめぐる夫婦の冷戦構造は、そうして固定化された。

原因のひとつはやはりあの「匂い」かもしれない。雄吾は十代の後半から十人弱の女性とつきあってきた。そのなかであの素晴らしい匂いをもっている人がふたりいた。仕事で疲れ切っていようが、体調が今ひとつだろうが、関係なかった。雄吾はあの匂いで男性としては、つねに復活できたのだ。

けれど、妻にはあの匂いがなかった。香りつきのボディソープの、シトラスやマンゴーやパッションフルーツの味気ない匂いがするだけだ。結婚してから雄吾が熱心に摩子を目で追わなくなったのも、そこに原因があったのかもしれない。

「つきました。ここです、新しいイタリアン」

清水が指さした先にはだらりとイタリアの三色旗が垂れさがっていた。風は死んだように絶えている。飲食店が雑多にフロアを埋めたビルの地下だった。清水に続いて、ワインラベルが壁にべたべたと張られた階段をおりようとしたところで、雄吾は気づいた。

「今夜は主賓だったね。星井さん、お先にどうぞ」

「あっ、ありがとうございます」

星井泉希が階段をおりると、雄吾もあとに続いた。四月にしては空気の生ぬるい夜で、泉希はジャケットを脱いでいた。

（……この匂い）

ほのかに漂ってきたのは、塩を振った牛乳のような甘しょっぱい女性の匂いだった。これほど近いところに、あの匂いをもった人がいる。雄吾の視線は新入社員にひきつけられた。女性らしい丸さと厚みのある肩、左右に揺れるポニーテール、髪の分け目のやけに青い地肌。その匂いがどこから立ちのぼるのか、これほど近くにいてもわからない。

店にはいる手前の踊り場は、新人歓迎会に集まった同僚で混雑していた。雄吾は気づかれないように泉希の背後に立ち、鼻の穴をふくらませていた。勘のいい女性だった。泉希が半分ふりむいていった。

「なにか匂いますか」

誰かがガラスの引き戸を無粋に開けた。ニンニクとオリーブオイル、それにトマトの酸味。イタリア料理特有の強い匂いが流れてきて、星井泉希の繊細な日本女性の匂いを押し潰した。

「なんだかおいしそうな匂いがするなあと思って。星井さん、チーズは好き？」

匂いに目がない雄吾は、リヴァロやゴルゴンゾーラのような匂いの強いチーズが好きだ。チーズの匂いを百倍くらい薄めたら、自分の好きな女性の匂いになるかもしれないと思うことがある。

「ええ、けっこう好きですね。とろけるのとか、裂くのとか」

それはほとんど匂いのないプロセスチーズだった。清水が店のなかからもどってきて、声をかけてくる。

「ここの店は四種類のチーズのピザが名物だそうです。奥の個室ですから、はいって、はいって」

「そいつはうまそうだな」

「わたしもそのピザたべたいです」

「はい、このたすきかけて」

清水が新人☆フレッシュマンと染め抜かれたたすきを手渡した。泉希が足のあいだにバッグをはさみ、片手をあげて頭からたすきをかぶった。脇のしたに淡くのぞいたのは、汗の染みだろうか。あの匂いがいっそう強くなる。

雄吾は酔ったように深呼吸を繰り返した。


泉希のとなりにうまく席をとることができた。この匂いさえあれば、もう歓迎会などどうでもよかった。雄吾の腰はひどく落ち着きがなかった。冷たい前菜に続いて、タコと小エビのオリーブオイル煮が届いた。最初の生ビールは、よく冷えた白ワインに切り替わっている。雄吾の口も滑《なめ》らかになった。

「星井さんはいい匂いがするとか、いわれたことない?」

新入社員の唇がオリーブオイルでぬめるように光っていた。

「わたし、なにか匂いますか? 会社なので香水とかはつけてないんですけど」

泉希はアルコールに弱いようだった。早くも頬が赤らみ、白目が軽く充血している。

「いや、いい匂いだから、なにかつけてるのかと思って」

「ボディソープとかじゃないですか」

顔の表情は変わらないが、嫌がっている冷たい雰囲気がある。匂いをほめられるのが苦手なのだろうか。

またミルクの匂いが漂った。汗ばんだシャツの胸元から届くのだろうか。雄吾はアルコールと思い出の匂いに酔っていた。

「よく男の人からいわれない? 星井さん、いい匂いするねって」

今度ははっきりと泉希が嫌悪感を示したのが、雄吾にもわかった。目が細まり、となりの席にいるのに、すっと遠くに離れた気がする。清水がふざけていった。

「緑川さん、それセクハラですよ」

「はいはい、わかりました。さっきから、なんだかいい匂いがするなあと思っただけなんだけど。以後気をつけますよ」

泉希が視線をさげたままいった。

「すみません。わたしのほうが意識しすぎなんだと思います。中学時代に身体の匂いのことで、クラスメイトの男の子にからかわれたことがありまして。緑川さんは気になさらないでいいです」

清水と顔を見あわせた。これは以後ほんとうに気をつけなければいけない。冗談でも体臭について口にはできないだろう。だが、ひとつだけ伝えておかなければいけないことがある。断じて自分は中学生の悪ガキのように悪意をもってからかったわけではない。

「無神経でごめんね。でも、初恋の人の匂いに似てた気がしたものだから。ぼくはとてもいいと思うよ」

新入社員の笑顔は硬いが、雄吾の真意は伝わったようだ。冷たい雰囲気はなくなっている。清水が気をきかせてくれた。

「その話はおしまいにして、緑川さんの初恋の人についてきかせてくださいよ」

この後輩はいざという大舞台ではからっきしダメだが、細やかでよく気がつくやつだ。

雄吾はあのミルクの匂いを封印して、久間美穂について話し始めた。


メールが届いたのは、二時間の歓迎会も最後の三十分になったところだった。座は解《ほど》けて、雄吾も泉希も清水も口が軽くなっている。お決まりの血液型診断やSかMかといったおふざけの質問がかわされた。清水と泉希は軽いMだという。雄吾自身は匂いへの好みのほかは、とくにSでもMでもない退屈な中庸だった。

「ちょっとごめん。メールがきた」

「こんな時間にですか。緑川さん、あやしいな」

清水はそういうと冷めた唐揚げを口に放りこんだ。

新歓なのに、ごめんね。
なにもたべていないので、
なにか帰りに買ってきて。
できたら早めにお願い。

すりすりと両手をこすりあわせる猫の絵文字が最後についていた。自分がこうして会社の経費でうまいものをたべているあいだに、妻は汗だくで腹を空かせている。雄吾は最後に泉希のミルクの匂いを深呼吸した。

「悪いけど、ちょっと先にあがるわ。うちの奥さん、熱だして寝てるんだよ」

「これからがいいところなのに、緑川さん、ノリが悪いです」

酔った泉希がおしぼりを投げてきた。この子は案外酒癖が悪いのかもしれない。雄吾はこの匂いを久しぶりに嗅《か》げただけで満足だった。最初から新入社員に手をつけようなどという冒険心はない。

課長にひと言いってイタリアンを抜けだすと、近くにあるコンビニにいった。弁当かサンドイッチでも買おうと棚をのぞくと、もうろくなものが残っていなかった。雄吾も摩子もマヨネーズのおにぎりは嫌いだ。

駅にむかってすこし歩くと、二十四時間営業のちいさなスーパーが開いていた。ここで材料を買って、なにか手早くつくってやるか。大学時代から東京で下宿暮らしをしていた雄吾は、料理が苦にならない。鶏のささみと三つ葉、胡瓜《きゅうり》とトマトを選ぶ。ついでに濃縮果汁還元ではないフレッシュなオレンジジュースの一リットルパックを買う。

さっさと妻に夜食をつくってやらなければならない。それでもレジ袋をさげた帰り道、雄吾が思いだしていたのは、やはり塩を振ったミルクのような泉希の匂いだった。

共働きで借りているマンションは1LDKと狭いが、夫婦ふたりの勤め先からメトロで十五分以内のところにあった。雄吾は十時過ぎには自宅に着いた。摩子は寝室ではなく、リビングのソファでブランケットにくるまっている。

「おかえり、お弁当買ってきてくれた？」

上着をダイニングの椅子の背にかけると、雄吾はシャツの袖《そで》のボタンをはずした。袖まくりしながらいう。

「まともな弁当はぜんぜん残ってなかった。ちょっとつくってあげるよ」

「へえ、ありがと。海外ドラマって、おもしろいんだけど、ぜんぜん話がすすまないね。今日飛ばしながら十話分観たけど、初回から状況はなにも変わってないの」

雄吾は片手鍋で湯をわかし、中華だしの素をいれ酒を垂らした。ささみを電子レンジで加熱して、手で裂いて鍋にいれる。ごはんを冷凍庫からだして、これも電子レンジで解凍した。

「いつまでたっても、なにも変わった感じがしない。連続ドラマって人生みたいだよな」

自分たちの関係もセックスをしなくなったくらいで、なにも変わっていなかった。仲は悪くないと思う。摩子はさして美人ではないしあの匂いもないが、笑うと雰囲気がかわいいし、家庭でも会社でもしっかり者だ。来年も再来年も自分は同じ会社にいることだろう。流行《はや》りもすたりもしない地味な職場だが、この時勢では安定しているだけましかもしれない。

胡瓜とトマトをおおきめの賽《さい》の目に切り、冷蔵庫のワカメを水でもどした。会社の友人の徳島鳴門《なると》土産《みやげ》のワカメは、ぷりぷりとした食感がおいしくて、新鮮な水草をたべているようだ。ドレッシングは胡麻油と醤油と豆板醤《トウバンジャン》で簡単につくった。自分ひとりならこれにたっぷりとおろしたニンニクをいれるのだが。

鶏ささみの中華粥《がゆ》を味見した。塩と白胡椒で味を調え、刻んだ三つ葉をちらして、風邪引きの妻のための夜食は完成した。ちいさなお盆に粥とサラダ、大振りのコップにフレッシュジュースを注いである。粥の白、サラダの緑と赤、ジュースのオレンジ。雄吾には色をたのしむ癖があった。

「わあ、おいしそう」

「そうかな、じゃあお粥の残り、ぼくもたべようかな」

飲み会のあとで、炭水化物をたべる。三十代になって続けるには厳しい悪習だが、まあいいだろう。もう異性にもてる必要はなくなった。泉希とつきあうこともないだろう。おたがいに会社の上司の悪口をいいながら、気安く軽い夜食を片づけた。摩子はよれよれになったパジャマを着ている。襟も胸元もだらしなくゆるんでいた。寝ていたので髪もぼさぼさだ。それが夫婦というもので、不潔だともみっともないとも思わなかった。みっともないのはおたがいさまで、元々人間は放っておけば、くたびれてくるものだ。

「熱はどれくらいあるんだ？」

「八度はないくらい。医者はインフルエンザじゃないって。でも、めまいがひどくて。悪いんだけど、タオルを絞ってきてくれない？　お風呂にはいったら倒れそうなんだ」

食器を片づけると、雄吾はおおきめのハンドタオルをお湯で濡らして絞った。妻にわたしてやる。摩子は天井の明かりと濡れタオルと自分の胸元に目をやった。

「そっちむいててくれる？」

「ああ」

雄吾はリモコンでチャンネルを替えた。スポーツニュースでは野球とサッカーの結果が流れていた。自分の身体が動かなくなると、やけに年下のスポーツ選手がまぶしかった。ばさりと布の落ちる音が鳴った。ダイニングテーブルに座っていた雄吾に、その匂いが届いた。

塩を振ったミルクの匂い。

泉希のものよりもすこし塩も脂《あぶら》も濃いようだった。雄吾はうろたえた。妻の身体にこの匂いが隠されていたなんて、つきあいだしてもう十年近くになるのに、まったく気づかなかった。

「お風呂はいってないんだ」

「うん、二日間。頭がかゆくてしかたないんだけど、明日までがまんする」

ちらりと横目で上半身裸になった摩子の身体を盗み見た。乳房は若いころよりボリュームが増したが、トップの位置はさがっている。前かがみになった腹には二重の横じわが刻まれた。肩も背中も丸くなっている。髪が乱れて、白い肩にかかっていた。ハンドタオルで背中を拭くのに苦戦しているようだ。

「ぼくがやってあげようか?」

「うん、お願い」

妻はパジャマのうえを胸に抱いて、背中を丸めた。タオルを受けとると、あの匂いが濃厚になった。雄吾は脂の乗った妻の背中を拭いてやった。三十代は背中から太るのだ。上下にタオルを動かすたびにあの匂いは強くなる。一日に二度も思い出の匂いに襲われる。今日はなんていい日なんだ。

「はい、脇のしたも」

「えー、はずかしいよ」

「いいから、いいから」

片方ずつあげた脇のしたも拭いた。

「どうせなら、きちんと全部拭いてあげるよ。明かりも暗くするから、パジャマのしたも脱いだら」

手づくりの夜食の効果だろうか。病気のせいで気が弱くなっているのか。その夜の妻はやけに素直だった。

「わかった」

ふたりがけのソファにタオルケットを敷き、妻はショーツ一枚でうつ伏せになった。雄吾は部屋の明かりを消した。テレビの青い光が妻の裸の背中を照らしている。声がかすれていた。

「まえは自分で拭けるから、うしろだけね」

雄吾は足の裏から始めた。足の指のあいだを拭くとくすぐったいらしく、なんとか逃れようと妻が足を引いた。その足をつかんで、足の小指と薬指のあいだまで、きちんと拭く。くるぶしからふくらはぎへ、大理石の柱でも磨くようにていねいに拭きあげる。膝《ひざ》の裏と太ももはとくにやさしく拭いた。肌のやわらかさが違うからだ。

身体の中央に近づくにつれて、あの匂いが濃くなってくる。雄吾のペニスはパンツのファスナーに沿って、垂直に立ちあがっている。

「お尻も軽く拭くよ」

返事はなかった。風邪のめまいが苦しいのか、ふうふうという荒い息だけ返ってくる。ショーツをずらして、たっぷりと肉の厚い尻を拭いた。そのとき雄吾は気づいた。クロッチの二重になった布を透かして、細い舟形の染みが浮いている。妻は二枚の布をとおすほど濡らしていたのだ。

タオルをソファの背におき、うつぶせになった妻に身体を重ねた。鼻先がうなじにあたり、あの匂いが今までになく強くなる。硬いペニスが、拭いたばかりなのに汗ばんだ尻の割れ目にきつくはさみこまれている。

「このままいい？」

妻は返事をしなかった。ソファに顔を押しつけたまま、ちいさく強くうなずいた。雄吾はパンツとボクサーショーツを脱ぎ捨てた。シャツも靴下も身につけたままだ。妻の下着もそのままだった。濡れてしわくちゃになったクロッチを横にずらして、ゆっくりと奥へすすませる。

熱い、きつい、よくぬめっている。冷静にそう思ったのは二往復目までだった。雄吾は鼻先を妻の耳の裏側に押しつけ、あの匂いを胸いっぱいに吸いこんだ。もうこらえることはできなかった。摩子があせって叫んだ。

「なに……急に硬く……」

ふたり同時に達してしまう。四カ月ぶりのセックスは、ほんの十五秒ほどのあいだだったが、雄吾には計りしれない満足を与えてくれた。身体がしびれて動けなかった。そのままの形で妻の背中を抱き締め、耳の裏側の匂いを嗅いでいる。

「そろそろいい？　ちょっと重い」

「あっ、ごめん」

雄吾は手を伸ばして、ティッシュボックスを渡してやった。妻はさばさばといった。

「なんか久しぶりにしちゃったね。風邪のときって感じやすいのかな。なんかすごかった」

「いや、ぼくも」

雄吾は濡れたティッシュを丸め、くずかごに狙いをつけた。頭のなかを駆け巡るのは、どうしたら妻を二日間風呂にいれないですむのかという方法だった。摩子もあの匂いをもっているのに、それは高熱で汗をかき四十八時間身体を洗わないという条件でしか発動しないのだ。あの匂いを吸いながらおこなうセックスは素晴らしいものだが、ハードルは実に高かった。

だが、今夜はもういいだろう。摩子の匂いを発見したし、去年以来のセックスもできた。雄吾は満足して、自分でも気づかぬうちに微笑《ほほえ》んでティッシュを放ったが、予想どおりくずかごにははいらなかった。

水の香り

スクリーンには白人の巨大な乳房が映っていた。

胸はバスケットボールくらい。そのうえにのる乳輪は目玉焼きくらいのおおきさだ。崎山一志《さきやまかずし》はペニスを半分立て、巨大な乳房と肌理《きめ》の荒い肌を眺めながら思った。

(むこうの人はそばかすとかあまり気にしないんだな)

赤い髪のポルノ女優の胸には紅茶の缶をひっくり返したような濃い茶色のそばかすが散っている。開いた扉の奥から裸の男がやってきた。こちらは子どもの前腕くらいあるペニスの先を左右にゆったり揺らしながらベッドにむかってくる。赤毛の女優を裏返しにするとき、一瞬だけモザイクがずれて、髪と同じ赤いアンダーヘアがのぞいた。

さて、これから貨物列車の連結作業のような西洋人のパワーセックスが始まるんだな。まえの座席にあげた足を組みなおしたとき、ボディビルで筋肉をふくらませた男優が女優の尻をたたくと、いきなり馬の首のようなペニスを尻の中心に押しあてた。

「ファック・マイ・アース」

なぜアメリカのポルノ女優は下唇をかんで、台詞《せりふ》をいうのだろうか。男優のペニスは巨大でも硬度が足りないようで、なかなかアヌスにははいらなかった。いきなりそっちから始めるなんて、この監督はなかなかいいセンスをしている。

苦労してようやくペニスをおさめると、がしゃんがしゃんといつものように連結作業が始まった。オーとかウーとか、ベイビーとかファックとか、字幕の必要がない台詞が垂れ流される。一志は今、クラスではみんなになにをしているのかなとぼんやり考えた。

火曜日の四時間目は大嫌いな数学だった。私立大学の文系しか受験するつもりがない一志には、まったく必要がない微積分を、みんな同じ教科書と同じ黒板で勉強しているのだろう。

ひときわおおきな声をあげて、男優が尻からペニスを引き抜いた。あれだけおおきなものをもっているのだ。きっと放出される精液もはんぱじゃないに決まっている。そう思って期待して見ていると、のみ残しのコップでも倒したようにたらたらと力なく精液が女優の尻にこぼれた。尻のうえにもそばかすが散っている。きっと男優にとってこれはただの仕事で、実際にはたいして気もちよくなかったのだろう。そう思うとスクリーンに満ちていた熱が一気に冷めていく。うしろの席で誰かが声をあげてあくびした。

エンドロールが始まった。こういう映画でも、ちゃんとプロダクションデザイナーやサウンドエフェクトがいるのだ。一志は席を立ち、ロビーにむかった。コーヒーでものもう。

まだあと二本、雄大な乳房やペニスが登場する無人の荒野のようなポルノ映画が残っていた。

一志は十六歳の都立高校二年生だった。

　学校は代々木駅の近くにある。標準服はあるが制服はなく、服装は自由だ。それなりの進学校で、周囲の生徒も教師も、定期試験の結果と受験勉強にぴりぴりしていた。いい大学といい就職。安定した大企業で得る高額の生涯賃金。あたりまえすぎて誰も口にはしないほど、生徒と学校の目標ははっきりしていた。

一志はまわりの生徒と自分は違うと考えていた。

自分らしい別な生きかた、別な目標がどこかにきっとあるはずだ。けれど、自分だけのそいつがなんなのかまるでわからなかった。将来の夢も希望もない。もしかしたら、勉強が嫌いで成績が悪いいいわけに、別の立派な目標へと逃げているだけかもしれない。未来など自分にはないのだ。ときおり街で見かけるホームレスが他人事《ひとごと》には思えなくなった。目のまえが真っ暗になりそうだ。

授業中の教室にも自分の部屋にもいたたまれなくなると、一志はあてもなく街をうろつくようになった。東京の吹き溜まりのような繁華街をひとりで歩き続ける。くる日もくる日も、とくに嫌いな数学や物理のある日は天気が悪くても学校にはいかずに街をさまよった。そんなあるとき、繁華街のどん詰まりに発見したのが、ポルノ専門の映画館だった。

東京には新宿、池袋、飯田橋、上野、浅草と片手では足りないが、両手ではあまるポルノ上映館がまだ残っていた。一志は高校に近い新宿と飯田橋に毎週のようにかようようになった。

どこかトイレの消臭剤のにおいがする観客席で、古い座席に沈みこみ、アメリカや日本のポルノ映画を眺め続ける。やる気のない外まわりのサラリーマンやリタイアした老人たちに混ざって、傑作とはとてもいえないポルノ映画を浴びるように観るのだ。闘うことからおりてしまったダメな大人たちといっしょに、創作意欲や芸術性のかけらもないポルノ映画を眺めていると、身体の深いどこかが安らぐのだった。

いつか自分もダメな大人になったら、今と同じように女たちの乳房や尻を眺めて一日一日を殺していけばいい。きっと人間が人間である限り、ポルノ映画は製作され続けるだろう。くだらない人生のひま潰しにはぴったりのおたのしみだ。

「よく顔を見るよね」

自動販売機で紙コップのアイスコーヒーを買おうとしたとき、うしろから声をかけられた。一志はコインの投入口に手を伸ばしたまま硬直した。女性の声だ。そういえば最近は日活ロマンポルノの再上映が盛んで、そんなときには女のふたり連れの観客も目につい た。けれど、今回はビデオ撮りのアメリカ製ブルーフィルムだった。よほどの映画マニアでも守備外のはずだ。ちらりと振りむいて、相手を確認した。女装した男ではない。声まで性転換するのは不可能だ。

「先週、新宿にいたでしょう。レキシー・ベルとサーシャ・グレイがでてたとき」

ポルノ映画館のロビーで、どうしてこんなふうに自然に笑っていられるのだろう。女は大柄で、ジーンズにスニーカー、Tシャツのうえに薄いラムのレザージャケットを重ねている。どちらも肌の色に近いベージュだ。Tシャツの胸には半円形の虹がプリントされていた。眼鏡をかけた顔はとくに美人ではなかった。笑っているのでかわいい雰囲気だが、年齢がよくわからない。二十代後半から三十代なかば。どちらにしても一志より十歳以上は年上だった。

一志は周囲を見わたした。これはびっくりカメラではないのだろうか。ロビーでふらふらしているのは、生まれてからおもしろいことなどひとつもなかったという顔をした男たちが数人。誰も一志と女には注意を払っていない。

「……いましたけど、それがなにか」

革ジャンの女がにっと笑った。

「やっぱりそうだ。ほら、洋ピンを見にくる高校生なんて、今どきめずらしいじゃない。無修正のがいくらでもパソコンでただで見られるのにさ、わざわざ映画館まできて」

高校生という言葉で、一志の心臓が爆発しそうになった。成人料金を払って入場しているが、いちおう十八歳未満禁止の成人映画館である。

「ちょっとやめてください」

一志があわてるのが相手は愉快なようだった。

「いいじゃん、別に。どこの高校？」

「高校とかいわないでくれませんか」

教科書がはいったデイパックをにぎり締めた。もしかしたら、高校生をねらう美人局《つつもたせ》かもしれない。一志は子どものころから大人の小説が好きで、いちおうの知識はもっていた。

「きみはまじめだなあ。じゃあさ、レキシー・ベルとサーシャ・グレイが好みってことは、ロリコンタイプが好きなの」

確かに整形、天然いり乱れて巨乳ぞろいのブルーフィルム業界で、ふたりの女優は天然のつつましい胸をしていた。顔もベビーフェイスである。

「ロリコンってわけじゃないと思うけど」

モデルのようなスタイルで大人っぽいブリアナ・バンクスもケイデン・クロスも好きだった。スパニッシュも、黒人も、アジア系も、いい仕事をする女優なら、一志はみな好きだ。

「まあ、どっちでもいいや。きみ、ちょっと話をきかせてくれない。まだなら、ランチくらいおごってあげるからさ」

残る二本の映画の内容を考えた。十八歳の誕生日直後にデビューする新人を集めた定番シリーズのパート二十七と友達のお母さんシリーズだ。日本でもアメリカでも、この手の業界の想像力にあまり変わりはないらしい。ランチという言葉で、ぐっと腹に力がはいった。高校生の空腹は暴力と変わらない。

「いいですけど、話すことなんてぜんぜんないですよ」

女はまたにっと笑った。

「いや、その表情がいいよ。世界なんておもしろくない、明日滅んじゃえってその顔がさ。さあ、いこう」

飯田橋の映画館をでて、神楽坂をのぼった。女はのびのびと春風を切るようにすすんでいくが、一志はまだ美人局や人身売買を疑っていた。男たちがやってきて自分をさらい、男娼《だんしょう》に仕立てるか臓器を売るために東南アジアのどこかの国に売ってしまうのではないか。

「ここでいいかな」

女が指さしたのは、コンビニの二階にあるファミリーレストランだった。ひとりならハンバーガーか立ちぐいそばの予定だったから、文句なしである。女が先に立って、階段をあがっていく。こんなときでもデニムのしたでやわらかそうに揺れる尻から、一志は目を離せなかった。

窓際のボックスシートでむかいあった。意外なことに女はいきなり名刺を一志のまえにすべらせた。長宮水香《ながみやみずか》と書いてある。

「ちゃんと名刺とかもってるんですね」

自分も学生証をだしたほうがいいのだろうか。名前のわきには、フリーライター・脚本家と肩書きもついている。一志は文章を書くことを仕事にしている人間と生まれて初めて会った。

「脚本家なんて、すごいなあ。ぼくもいつか書く仕事をしてみたいと思ってるんですけど」

水香はふふんと鼻で笑った。

「そんなに立派なものじゃないよ。ワイドショーの再現ＶＴＲとかアダルトビデオの脚本とか、書きまくってるだけだから。いつかはドラマとか映画もやってみたいけど。そっちのほうはきみと同じでまだはるかな夢だね」

「きみじゃなくて、崎山一志です。高二の十六歳」

学校の名前はいいたくなかった。はずかしいのではなく、高校の名で自分のなにかを判断されたくない。

「取材だから、好きなものたべていいよ」

一志はむずかしい年ごろだが、たべものには弱かった。一気にいう。

「ありがとうございます。じゃあ、プレミアムビーフハンバーグにごはん大盛りで、食後にアイスカフェオレ」

十年後の夢は決まらなくても、ファミレスの夢のメニューははっきりしていた。注文をすませると、水香はいった。

「一志くんさ、オナニーする？」

のど元にナイフを突きつけられた気分だった。あたりにいる客を見わたしてしまう。ランチタイムだが、客のいりは三割くらいだ。

「いきなりなんですか」

あっさりと水香がいった。

「だから、仕事だよ」

「男子高校生のプライベートを調べるのが仕事なんですか」

細かな氷が浮いた水を、女性脚本家がひと息でのんだ。

「ああいう映画館って、どこもエアコンが強くてやたら乾いてるよね。あのね、わたしは切羽《せっぱ》つまってるの。明後日までにAVの脚本を一本しあげなくちゃいけないんだ。そこそこ人気のある熟女もの。まあ、百二十分のうち七割はからみのシーンだから、台詞があるのはせいぜい三、四十分だけどね」

いつのまにか、水香はテーブルにピンクの手帳を広げていた。シャープペンシルもピンクだ。

「わたしが仕事をしてる世界じゃ、別にオナニーなんてはずかしいことでもなんでもないよ。さっきの洋ピンなんかも同じ。わたしだって、むしゃくしゃするとすぐにオナニーに逃げるね。気分転換かな」

一志は目を丸くした。こんなに正直な人がいるのだ。自分の何倍も勇気がある。なんといっても、昼どきのファミレスで大声でオナニーと口にだせるのだから、まったくすごい。思わずテーブルにのりだしてしまった。

「逃げるっていう感じ、ぼくもよくわかります。あれはほんと嫌なことから逃げたいときにするもんですよね」

微積分オナニー、三次方程式オナニー、フレミング右手の法則オナニー。水香がノートをめくっていった。

「でね、設定だけ監督にもらってるんだ。そこは熟女系のメーカーでさ、相手は叔母さん、色っぽくてグラマーな母さんの妹っていう感じ。一志くん、叔母さんいる?」

叔母ならひとりいた。小学生の子どもを夜十時まで週に五日塾に放りこむ鬼のようなお受験ママだった。カマキリのようにやせている。きっとセックスレスで欲求不満なのだろう。顔を思いだしたくもない。

「いるけど、うちのはつかえません。それで、その叔母さんの相手が高校生なんですか」

「そう、別に大学生でもいいんだけど。だいたいのパターンは、どっちかがオナニーしてるところを偶然目撃して、そのままやっちゃうか、その日の夜中に家族が寝静まったあとで忍んでいくかってところなんだよね。通常パターンじゃつまらないから、それをもうひとひねりしたいわけ」

なるほど。毎月のように何百作と発売されるＡＶのひとつひとつに、そんな苦労があるのだ。

「なにかバカらしいくらい突拍子もないアイディアがほしいんだよなあ。くっだらないけど、おもしろい。で、おまけにエロければ最高なんだけど」

脚本家は腕を組んでうなり始めた。この顔はすっぴんだろう。香水などつかいそうもない人である。

「長宮さん、さっきまで悩んでたんですか」

「そう」

「じゃあ、ひとりでしたんだ」

水香が顔をあげた。ちょっと頰が赤くなっている。

「うん？　男子高校生はそんなこと考えるのか。うちをでるまえにしてきたけど」

そのとき、さっきまでスクリーンで躍動していた洋ピンの女優と目のまえに座る水香がひとつになった。このアイディア、いけるかもしれない。

「金髪のかつらとか用意できますよね。それにあと、青いカラーコンタクトも」

「うん、低予算だけどプロの現場だからね。それくらいはだいじょうぶ」

一志はひらめいたばかりのアイディアについてまえのめりで話し始めた。

「叔母さんを外国帰りのハーフにするのはどうですか。金髪で青い目、でも身体は日本人そのままの胴長グラマー」

水香の右手が流れるように動きだした。

「それ、おもしろいかも。一志くん、センスあるね」

センスがあるなどと大人にほめてもらえたのは、初めての経験だった。一志の頭のなかにある妄想エンジンはとまらなくなった。

「で、急に日本に帰ってきたカルチャーショックで、驚いたり、悲しくなったりするたびに、叔母さんはオナニーに逃げるんです。いつでも、どこでも、場所柄をわきまえずに、ひとりエッチのスイッチがはいっちゃう」

あははと笑って、水香がいった。

「いいね、オナニー中毒だ」

「それで甥《おい》の高校生は、なんとかやめさせようと必死なんです。だって、叔母さんはちいさいころからあこがれの人だったから」

水香ものってきたようだ。

「ふーん、どこでもオナニーしちゃう金髪青い目の叔母さんかあ、おもしろいなあ。コンビニとかで、日本の物価が高いのにショックを受けて始めちゃうとかいいかも。レジを待ってるあいだとか」

一志も妄想なら負けていなかった。

「こういうファミレスでもいいですよね。スプーンを落として拾おうとしたら、下着を脱いでしてるとか」

メモをとりながら、水香がいった。

「インスタント写真のボックスのなかとかもいいな。わたし、狭いとこけっこう好きなんだよね」

「じゃあ、ぼくは家と家のすきまがいいです。犬走りっていうんでしたっけ。あの白い砂利が敷いてあるところ。立ったままひとりでしてて、足元で小石が鳴るなんて、雰囲気いいですよね。それで、叔母さんは毎回いきたくてたまらないのに、甥に最後までさせてもらえないんです」

ぱちんと手を打って、水香が叫んだ。

「やっとうちに帰って、ぎらぎらした目で無理やり甥っ子を押し倒す。それは草食男子の夢だわ。採用決定」

そのときウエイトレスがやってきた。お待たせしましたといって、ハンバーグの皿をおいていくのだが、妙に顔が無表情である。こちらと目をあわせることもなく、ごゆっくりどうぞと型どおりの言葉を最後につんと去っていく。一志は冷たいあつかいを受けて、逆に誇らしかった。なんだかアウトローにでもなった気分だ。水香がにやりと笑っていった。

「一志くんが、金髪とかオナニーとかおおきな声で叫んだからだよ」

「自分だって、同じようなことといってたでしょう」

一志と水香はそろって笑い声をあげた。

「さあ、たべよう。いいアイディアができたから、急にお腹が空いてきたよ」

両手をあわせていただきますをしてから、一志もナイフとフォークを手にとった。まぶしいものでも見たように、水香が一志を見つめた。

「なにかぼくの顔についてますか」

女性脚本家は笑って首を横に振ると、肉汁の垂れるハンバーグにナイフをいれた。


そのまま日ざしがかたむくまで、ふたりはテーブルを占拠した。

一志はあらゆることを話した。学校のこと、勉強のこと、彼女がいないこと、将来の不安やいつまでたっても夢が見つからないこと。相手が年上だったのがよかったのかもしれない。同年代では、どうしても異性に負けたくない気もちが生まれて、自分を飾らずに話をするのは困難だ。

水香もいいきき手だった。自分の考えや社会の通念を、高校生に押しつけようとはしなかった。水香自身も、仕事の厳しさやいきづまり、別れた男の数々について、なぜかその日会ったばかりの一志に話していた。

その店で心の電池が切れるまで話したのは四時間とすこし。日ざしは夕方のハチミツ色になって、ファミレスの窓辺をべたりと濡らしている。

「そろそろいこうか。一志くんはセンスがあるから、放送作家の仲間に紹介してあげるよ」

アドレスと電話番号の交換はすませていたけれど、一志はもっとこの時間を引き延ばしたかった。それにどちらかというと、テレビよりもAVのほうをやりたかった。

「いい企画さえ考えだせれば、年なんかいくつでも関係ないんだよ。高校生で放送作家デビューもいいじゃない」

一志はそこで勇気を振りしぼった。自分からなにかをやりたいというのは、想像を絶することだった。断られたら、心が折れてしまう。

「あの、水香さんの仕事場って、どういう感じなんですか。これからの勉強のためにちょっとでいいから、見てみたいんですけど」

すこし考えてから、水香がいった。

「いいよ、別に、近くだし。わたしのところは住まいと仕事部屋はいっしょだけど。あんまり片づいてないから、期待しないように」

神楽坂をのぼり切って、水香は右に曲がった。白銀《しろがね》公園を抜けて、すぐの白いタイル張りの低層マンションにはいっていく。二階の角部屋が水香の部屋だった。狭い1LDKで、リビングにはおおきなテーブルがひとつおいてある。食事も仕事もそこでするようだ。ウエットティッシュとパソコンがおいてあった。

「適当に荷物おいて、座ってね」

窓から公園の築山《つきやま》が見えた。子どもたちがトンネルをくぐって、つぎつぎと湧きだしてくる。

「ガスいりのミネラルウォーターとジャスミン茶しかないけど、どっちがいい？」

「じゃあ、ジャスミン茶で」

壁には古い映画のポスターが張ってあった。「スティング」と「スローターハウス5」だ。一志は洋ピンだけでなく、普通の映画も好きである。

「ジョージ・ロイ・ヒル監督が好きなんですか」

コップをもってカウンターの奥から、水香がでてきた。一志はソファに座り、部屋のあちこちに視線をめぐらせていた。天井まで届くつっぱり式の本棚には、映像関係の本とDVDがぎっしりとつまっている。

「はい、お茶。七〇年代のアメリカ映画にもくわしいのか。ますます戦力になりそうだなあ。あのね、こっちの業界では知識とセンスだけは山のようにもっていて、でも実社会のことはぜんぜんわからない、そういう人が一番いい仕事をするんだよね。ブレーキのかけかたをしらなくて、自分が何者なのか自分でもわかっていない人。そういう人が夢中で仕事をすると、今まで誰も見たことがないようなものができることがある」

夢のような話だ。ひとり切りでずっと浴びるように観ていた映画がなにかの役に立つ。

「ぼくが仕事のできる人になれるんですか。なんか、信じられない」

「そうはいっても、大成功する人はごく一部で、あとはなんとかたべていくのに一生懸命って感じだけどね」

それでも十分だった。自分を生かす仕事が、この広い世界で見つかりそうなのだ。一志は夕日の公園を眺めていた。この景色を一生忘れないだろう。夕日が遠く東京の街なみに沈んでいく。子どもたちは手を振って別れていく。砂場にはあたりが暗くなっても遊び続ける子がいる。自分もいつまでも遊び場に残るタイプだった。

窓からさしこむ光は低く、水香の顔ではなく胸にだけあたっていた。この人の胸はあまりおおきくない。そっとやさしくふくらんでいる。心の底の苦しさをまぎらわせるために、いつものようにポルノ上映館にいき、こんなふうに誰かと出会う。今日はものすごく幸運な日だった。

「一志くんて、チェリーなの？」

いきなり目のまえで花火が炸裂したようだった。一志はあせった。

「……そうです、けど」

高校生の肩をぽんとたたいて、水香がいった。

「残念だなあ、奪っちゃおうかと思ったんだけど、わたし、今日は生理なんだよね」

さりげない振りを装っているが、水香も内心ではどきどきしているのがわかった。

「それは……ぼくも、すごく残念です」

のどがからからだった。これからキスくらいはできるかもしれない。一志はお茶のコップに手を伸ばし、静かに口のなかを洗った。

「初めての相手が二十歳も年上だと、ちょっと男子高校生的にはショックかなあ」

驚いた。年齢はきいていなかった。この人は三十六歳なのか。

「いえ、ぜんぜん」

「キスも、ペッティングも初めて？」

うなずき返すと、水香が一志の手をとった。

「はい、さわっていいよ」

乳房はやわらかだった。薄手のブラジャーのせいで、そのやわらかさがほぼダイレクトにてのひらに伝わってくる。アメリカの女優のように雄大でも壮麗でもないけれど、完璧な胸だった。なんといっても、生まれて初めてふれた乳房なのだ。完璧でないはずがない。水香が一志のふとものうえに手をおいた。眼鏡をはずすといった。

「キスするまえに、さわっちゃったね」

女性の手がチノパンのふとももをあがってくる。一志のペニスは布地のうえからも、はっきりと形がわかるほどだった。舟のような形に沿うように伸ばした指とてのひらで、全長をカバーされた。その映像だけで一志の頭の回路は焼き切れそうだ。

「すごく熱い。キスし……」

水香がすべてを口にするまえに、一志はキスをしていた。最初はジャスミン茶の香りがして、それからはただ唇や舌の味がした。どんなものにも似ていない。水や日ざしや風の味のようだった。水香はTシャツを脱いで、背中に手をまわし、ブラジャーをとった。

「おおきくはないけど、形はいいっていわれるんだ。だいぶ垂れてきちゃったけど」

ジーンズをはいて、上半身だけ裸になった水香の背中は一面鳥肌が立っていた。

「一志くんも脱いで」

ベルトのバックルに手をかけて、水香がいった。一志は猛烈な速さでベルトをはずし、チノパンをさげて、ボクサーショーツ一枚になった。水香は上半身だけ裸、自分は下半身だけ裸。西日のさすソファでこっけいな格好だと一瞬思ったが、乳房のやわらかさにふれると理性には完全にモザイクがかかった。

ショーツがさげられ、ペニスが自由になった。水香はくんくんと鼻を近づけてくる。

「不思議だけど、男も女も海の匂いがするよね」

むきだしになった先端をじっと見つめて、水香がいった。

「なめてもいい？」

一志は唇をかんで、天井をむいた。これ以上見ていたら、もう危険だった。

「……お願いします」

横座りで身体を倒し、水香は一志の脚のあいだに顔を埋めた。ペニスのつけ根にやわらかな熱を感じる。舌はゆるゆると動きながらのぼってきた。ほんの十数センチの移動が大旅行のようだった。ようやくてっぺんに着くと、水香はすべてを口に収めてしまった。一志は帰るべきところに帰ってきた気がした。ペニスにも故郷がきっとあるのだろう。

しばらくその形で口をつかってから、水香がいったん離れた。髪をかきあげ、真っ赤な顔でいった。

「わたし、調子でてきた。本格的にいかせちゃうからね」

開いた脚のあいだに座りこむと、水香はようしゃなく首を振り始めた。頭のなかとペニスの先にまぶしい光が見えてきたのは、九十秒後だった。

「もうダメです、水香さん」

つけ根をしっかりとつかんで、脚本家が顔をあげた。

「そのままだしちゃっていいよ」

水香はまたペニスにもどった。往復が始まる。もう限界だった。一志は無言のままつりあげられた魚のようにびくびくと全身を跳ねさせて射精した。荒馬のようなペニスの動きに水香はぴたりと口をあわせて、一滴も漏らさなかった。

最後にゆっくりと唇をしぼりながら、一志から離れた。ごくりとのどを鳴らすと、にこりと笑った。

「うーん、あま苦い。濃かったなあ。のどに張りついてるみたい」

ようやく一志の息が整ってきた。目を丸くしていった。

「だいじょうぶなんですか、そんなののんで」

「うん、だいじょうぶ。絶対に嫌だっていう子もたくさんいるけど、わたしは平気。というより割と好きな味かな」

水香はジーンズのうえから自分の股間にふれた。

「うわ、こっちも座布団がたいへんなことになってる。ちょっとトイレ」

さっと立ちあがると、胸を両手でおさえてユニットバスに消えてしまった。そのあいだに一志はボクサーショーツをあげて、チノパンをはいた。まだ頭がくらくらする。こんなにすごいことをしたのだから、もう自分は完全な童貞とはいえないだろう。でも、まだネットでしか女性器は見たことがなかった。ふれたことも挿入したこともない。それはまた別の機会にとっておこう。

夕日で染まった部屋に、勢いよく水を流す音がきこえた。もうすぐ水香が戻ってくる。つぎの仕事の約束をして、今度は本式のデートをもうしこんでみよう。一志は人さし指で自分の唇にふれてみた。男の指は女性の唇よりずっと硬かった。水香の味がまだ残っているかもしれない。舌をだして、一志はすこしだけ自分の唇をなめてみた。

蜩の鳴く夜に

タクシーをおりると、秋の蟬《せみ》が鳴いていた。蜩《ひぐらし》だろうか。四方から降り注ぐ声が、音のシャワーのようだ。

「まだ生き残ってるやつがいるんだな」

川西誠司《かわにしせいじ》はそういって、高層マンションの車寄せを半円に囲む木々を見あげた。サングラスのせいで、緑の濃さはわからなかった。やかましいのは秋蟬だけではない。ここは大規模物件なので、建物の足元には広々とした公開緑地と児童遊園がある。子どもたちの歓声が遠い花火のようににぎやかに響いてくる。

「お待たせ。だいじょうぶ、あなた」

料金を精算した美雨《みう》が、心配そうに顔をのぞきこんできた。誠司の腕をとろうとする。振り払うといった。

「やっと帰ってきたんだ。ひとりでいかせてくれ」

足元はふらついていた。体重が八キロも減っているのだから無理もない。自動ドアを抜けて、ゆるくなったコットンパンツのポケットから鍵をだす。オートロックの扉が開いた。

（生きて帰ってきた）

機械仕掛けで両側に割れた扉を見ながら、誠司は痛感した。一時期はもう駄目かと思った。それがこうして九月最後の土曜日、自宅に戻ることができた。秋の空は熊手を引いたような筋雲を、高く淡く浮かべている。日ざしはまだ暑いが、風は乾いてひんやりとしていた。生きているというのは、外を歩き、風に吹かれることだ。

　戸口を抜けようとしたところで、妻がそっと身体を寄せてきた。小柄な美雨が肩口でつぶやいた。

「お帰りなさい。長いあいだ、お疲れさま」

きこえるかきこえないかのかすかな声に、誠司の胸が張り裂けそうになった。

「ただいま。迷惑ばかりかけたな」

美雨は顔をそむけ、涙を隠した。今度は誠司が手を伸ばした。夫婦になって十年近くすぎている。もう手をとることなど、めったになかった。妻が中指と薬指の二本をそっとつかんでくれる。巻きついた冷たい指が心地よかった。美雨が弾《はじ》けるようにいった。

「うちに帰ろう。今夜はごちそうだよ」

「うん」

誠司と美雨は同じ右足からマンションにはいった。高校生でもないのに、そんな偶然がうれしくて、中年の夫婦は顔を見あわせて、すこしだけ笑った。

誠司の抗がん剤治療は外科手術に続いて、四カ月がかりでおこなわれた。正確には二十九日でひと周期の全四クールである。最初の投与は十日間近い入院になったが、二回目からは通院ですんだ。副作用は強烈だったが、誠司はよく覚えていない。生きるか死ぬかの境目だったし、それぞれの副作用にはまた別な薬が用意されていた。吐き気には制吐剤《せいとざい》、便秘には下剤、骨髄《こつずい》抑制には増血剤。人の身体など、当人の意思と関係なく機械のように働くものだとあきれるほどだった。

目に見える範囲の腫瘍《しゅよう》はすべてとりのぞき、目に見えない細胞単位の転移は強い薬で徹底的にたたいたはずだった。すくなくとも医者はそういっていた。これからは月に一度の経過観察だけでいい。治療のうえではとうとう病院と縁が切れる。それが誠司にはたまらなくうれしかった。最後の検査入院を終えたその朝は、生と死の中間のたそがれの荒野から、明るい街に帰ってきた気がした。

そこにはすこしばかり背の高いマンションと、風の抜けるリビングがあり、美雨が待っていてくれる。

部屋にあがると、さっそく着替えた。

暑苦しいニットキャップをむしりとり、Tシャツ一枚とバミューダショーツになった。

誠司は頭髪だけでなく、眉毛もひげも抜け落ちていた。姿見に目をやった。見慣れた自分の顔でも、若いのか年老いているのか、まるでわからない。髪型は世代や文化のシンボルだ。

「なにか、のむ？」

リビングに顔をだすと、妻が冷蔵庫の扉に手をかけてそういった。このところ体力をつけるため濃厚なヨーグルトドリンクか、免疫力をあげるというアセロラジュースばかりのまされていた。誠司は冗談でいった。

「記念にビールなんか、どうかな」

すこし考えてから、美雨がこたえた。

「いいんじゃない。のみたいときにのめないのも、ストレスだもんね。でも、ひと缶をわたしと半分ずつね」

アルミ缶をもって、美雨がやってきた。誠司はふたりで映画を観るときのように、ソファの背を倒し、オットマンを引き寄せた。すね毛が抜けたせいで、女のようにつるつるの脚をのせる。このソファは映画好きなふたりが、六十五インチの薄型テレビと同時に奮発したものだ。コーヒー袋のようなざらりとした生地が肌に涼しい。

ごくごくとビールをのどに落とした。誠司は一気に三分の一ほどのんでしまう。

「うわー、生きてるって感じだなあ。うまい」

美雨もソファの横についたレバーを操作して、誠司のとなりに横になった。

「わたしにもちょうだい」

「あげる、あげる。でも、ちゃんと残しておいてくれよ」

誠司はビールをのむ妻ののどの動きを見つめていた。美雨は半袖《はんそで》のベージュのワンピースを着ていた。身体の線がよくわかるストレッチ素材のコットンニットで、前立てはシャツのような仕立てになっている。第二ボタンまで開いた胸に谷間ができていた。

「美雨、そんなに胸おおきかったっけ」

小柄だが、胸は豊かで形がいいのが、美雨の若いころからの自慢だ。

「ブラのサイズは変わってないよ。わたしも、あなたと同じなんだ」

妻も病気をしたのだろうか。誠司は一瞬そう連想して、恐ろしくなった。こんな目にあうのは自分だけで十分だ。つるりとした頭で真剣な表情がおかしかったのだろうか。美雨が笑っていった。

「やせただけよ。ウエストが細くなったから、胸が目立つんじゃない。わたし、久しぶりに自分の肋骨《ろっこつ》見たから。しばらくはこの体重を維持したいな」

若いと思っていた自分たちも、もう四十歳に手が届く。病気になる以前は、誠司は中年太りを気にしていた。

「心配かけて、ごめんな」

「いいの。わたしが勝手にやせただけだから。こうして元気になって帰ってきてくれたしね」

誠司は美雨の脇腹に手を伸ばした。布越しに肋骨のでこぼこにふれる。確かにやわらかな脂肪の層が消えていた。男の子の肋骨のようだ。

「くすぐったいよ」

こんなふうに美雨の身体にふれたのは、いつ以来だろう。告知を受けてからは、セックスどころではなかった。もともと夫婦はセックスレスに近かった。三十代なかばで不妊治療をあきらめてから、春夏秋冬季節が変わるたびに定期点検のように一度だけ身体を重ねるのが習慣になっていた。その程度の熱のない関係だ。

誠司はふざけて、ブラジャーのうえから乳房をつかんだ。やわらかなカップに指が沈んでいく。

「もう、やめてよ。まだ明るいよ」

美雨が暗くした部屋のなかでしか脱がなくなったのは、三十歳をいくつかすぎたあたりからだった。若いころは、昼間でも明かりをつけたままでも、平気で裸を見せていた。

「お願いだから、ちょっと」

「しょうがないなあ」

美雨が背中をむけたので、誠司は両手をつかえるようになった。横むきでソファに重なる。妻の体臭が懐かしかった。なぜ、女は汗までどこか甘いのだろうか。レースのカーテンが風に揺れている。開け放したサッシのむこうに見えるのは淡い秋空だけだ。ここはなかほどの高さだが、それでも二十階近い。

ブラジャーのうえから、乳房を揺さぶり、つかみ、もんでみる。目を閉じて、なにも考えなかった。ぬるま湯を満たした風船のような感触をひたすらたのしんだ。なぜ女性の身体特有のやわらかな脂肪に、男たちは無条件で魅せられてしまうのだろう。

妻のワンピースのボタンを、へそのあたりまで開いていった。身体をずらして、美雨も協力してくれる。ブラジャーを胸のうえに押しあげ、乳房を自由にしてやる。若いころには張りがあって、もっとこの乳房は硬かった。今は指のあいだから、溶けたチーズのようにこぼれていきそうだ。

誠司は乳首を下側から指の腹でなであげた。美雨の好きな方向と強さは、指が覚えている。

「あっ……」

初めて声が漏れた。目を閉じてきく妻の反応に、誠司の腰にちいさな火が灯《とも》った。じわじわと熱がペニスに集まってくる。美雨の声がききたくて、さらに乳首をなであげた。美雨の声が高くなると、ペニスも声のおおきさにあわせるように硬直していった。

誠司は感動していた。セックスどころか、この充実がいつ以来なのか記憶になかった。誰かが風に吹かれるのが生きることだといったが、こちらはそれ以上だ。目のまえにいる女性を病みあがりの身体が必死で求めている。それが奇跡のように思えた。

「美雨、手を貸して」

誠司は妻の手を導いた。薄いトランクス越しにちいさな手がペニスをつかんだ。

「……硬くなってる」

乳首を攻めながらいった。

「そうだろ。半年ぶりくらいかもしれない。もう役に立たないかもって思っていたよ」

「……あなた……よかったね」

声の様子がおかしかった。指先を休めて、誠司はいった。

「泣いてるの？」

「ううん。うれし泣きだから、気にしなくていい。あなた、ほんとに元気になったんだね。そうだ」

美雨がいきなり身体を起こした。ブラジャーに乳房を収めながら、ソファのとなりに正座した。ひざ小僧の丸さがかわいらしかった。

「わたしにさせて」

「シャワー浴びてないよ」

妻はきれいに洗ったあとでなければ、決して口にしなかった。味のないのがいいペニスだという名言を残したこともある。

「今日はいいの」

プレゼントの包みでも開くように誠司のバミューダショーツとトランクスを脱がしてしまう。ペニスは七割ほどの硬度で、だらしなく腹の上に寝そべっていた。美雨は手をつかわずに舌で先端を起こすと、つるりとのんでしまった。そのまま頭を振らずにじっとしている。

「それ、気もちいい」

「……っん」

ゆっくりと丸い先端を磨きあげるように、やわらかに濡れた舌が動いていた。横座りの美雨の太ももに手を伸ばした。ももの内側の肉も、乳房と同じようにやわらかになっている。年をとると女の身体は、どこもかしこもやわらかくなるのだ。心や頭のなかはどうだろう。

「あなたは疲れてるから、別にいいの。わたしにさせて。たのしいんだから」

誠司は目を閉じた。目の裏がまだ明るすぎる。閉じた目のうえにてのひらをのせて、ようやく気もちのいい闇がやってくる。美雨はペニスから口を離すと、へそに舌をいれてきた。ちいさなくぼみの底をつつき、円周をなめまわす。

「ここもずいぶん薄くなったね」

抗がん剤の副作用だろう。すべては抜け落ちなかったが、中学生のような情けない姿になっていた。美雨はへそから続く性毛を舌でなでつけながら、ペニスにおりていく。またあの熱に包まれるかと期待していたら、太ももの内側を軽くかまれた。思わず声が漏れてしまった。誠司は完璧に充実した。ひざの皿を丸くなぞり、太ももをすきまなくかんでは、妻が下半身をなめていく。

唇をはずすと、涙声で美雨がいった。

「あなた、お帰りなさい」

閉じた目の奥が熱くなったが、誠司はなるべく声が変わらないように努力した。ふざけていう。

「いつもそんなふうにしてくれるなら、毎月入院してもいいな」

「バカっ」

つぎはどこにくるのだろう。美雨がいきなり誠司の脚を思い切り開かせた。太ものつけ根、性器と肌の境目をふれるかふれないかの微《かす》かさで、ゆっくりとなめ始めた。しばらくすると、舌は移動して、興奮で胡桃《くるみ》のように丸まった袋をついた。誠司はつい声をあげた。

「美雨、今すぐしたい」

手を伸ばして妻の脚のあいだにねじこんだ。ショーツの底が一段と濃く変色している。指をあてると、美雨はびくりと身体を震わせた。

「それはダメ。わたしだってしたいけど、今夜ね。ちゃんと準備をして」

そういうと袋から先端まで、蛇のようにべろりと誠司の全長をなめあげた。誠司は今度はなんとか声を漏らさずに耐えた。目を開けると、秋の雲が茜《あかね》色に染まっている。

誠司は夜が待ち遠しかった。

抗がん剤治療を受けているがん患者は、免疫力が落ちているため、感染症予防が徹底されていた。つねに清潔であることが求められた。入院中、誠司は毎日入浴するように指導を受けていた。セックスに関しても、この基準は変わらなかった。

美雨はこっそり担当の女性医師にきいている。白血球の数値がどれくらいになれば、夫婦生活はだいじょうぶでしょうか。顔が発火するようなはずかしい質問だったが、美雨には切実な問題だった。医師の返事は「二千」だった。その日の検査の誠司の数値は、三千二百。美雨は誠司があんなふうに手をださなくても、夜になったら自分から誘おうと決めていた。もし誠司のものがうまく働かなかったら、どうしよう。今までやったことのない唇と舌のつかいかたは、そのときのために考えだしたものだった。

夕食は近所のうなぎ屋から、白焼きとうな重を頼んだ。誠司の好物である。わさびをのせてひと口頬ばり、誠司はいった。

「ずいぶん奮発したなあ。来月からは給料さがるっていうのに」

もう半年も病気療養のために休職していた。世間ではがんになると遠まわしに退職を迫る企業もすくなくない。誠司の勤める会社は、そこまで従業員に冷たくなかった。けれど、復職しても以前と同じ部署ではなかった。定年まで五年ほどのベテランと誠司のように大病を抱えた社員が集められた総務部の一角で働くことになる。

「いいよ。給料は減るけど、その分残業もしないですむんでしょう」

あの部の社員が一時間以上の居残りをしているのを見たことがなかった。

「ああ、毎日定時に帰ってくる」

肝吸《きもすい》をすすって、美雨が笑った。目尻のしわが愛くるしい。

「じゃあ、もっとたくさん映画を観られるね」

宅配のＤＶＤなら一枚百円だった。どんな病気をしても、閑職に追われても、一番身近な人間がしっかりと受けとめてくれたら、きっとなんとかなる。しみじみとそう思った。誠司はいうつもりのなかったことを口にした。

「美雨はとんだはずれくじを引いちゃったな。偉くならないどころか、再発をびくびく恐れる男と、いっしょに暮らすんだから。ほんとに感謝してる。だけど、こっちにそれだけの値打ちがあるのかねえ」

正直な気もちだった。美雨は白焼きをつつき、しばらく間《ま》をおいていった。

「わたしだって、おっぱいもお尻も垂れ始めたおばさんだよ。ほかの人のところにいっても、もういいことなんてないよ。わたしたちはもたれあって生きていくしかないんだと思う」

黙っているとみっともない顔になりそうで、誠司はうな重のごはんを口いっぱいに押しこんだ。こんなときでもたれの染みたごはんはうまい。

「それでね、お願いがあるんだけど」

「なんだい」

「わたし、あなたの赤ちゃんがほしいんだけど」

誠司は口からごはん粒をこぼした。残りは肝吸でのどに流しこんだ。

「なんだよ、いきなり」

「いきなりじゃないよ。手術のまえからずっと考えてた。わたしがひとりぼっちになっても、あなたの子どもがいっしょなら生きていけるって。来年で四十歳になるでしょう。最後のチャンスだもん」

「人を勝手に殺すなよ」

ちいさなコップでビールをのむと、美雨が口をとがらせた。

「いいじゃない、形見くらいおいていっても」

「だから、勝手に殺すなって。だけど、もしぼくがいなくなったら、その子はどうやって育てていくんだ。なんとかなるのか」

美雨の実家は普通のサラリーマン家庭で、父はすでに定年退職している。

「きっとなんとかなるでしょう。わたしががんばって働く。だから、お願い。もう一度チャレンジしてみようよ。今度は途中であきらめないで」

残業のない部署に移ったのはいい機会かもしれない。これからは家族と自分のために生きるのだ。子どもは誠司自身にとっても、心の支えになるだろう。胸のうちは決まっていたが、返事を濁した。

「わかった。考えさせてくれ」

「ゆっくり考えていいよ。でも……」

ビールのせいだけではないようだ。美雨が頬を染めていった。

「……今夜はしようね。全部なかにだしちゃって、いいから」

ふたりきりの夕食でそんなことをふいに妻からいわれる。誠司の胸が高鳴った。網戸越しに涼しい夜風が流れこんできた。地上から蜩の声が遠く近く響いてくる。それからふたりは無口になり、手早く重箱の中身を片づけていった。


入浴はいっしょだったが、意味あいは新婚のころとは違っていた。

美雨は誠司の身体全体を注意深く観察した。頭皮、首筋、背中、腰、性器周辺。湿疹や腫《は》れ、吹きでもの、傷を細かくチェックしていく。その夜は問題ないようだった。刺激の弱い石鹸《せっけん》を細かく泡立て、てのひらで誠司の身体を洗っていく。ひととおり洗い終えると、誠司がいった。

「今日はぼくにも洗わせてよ」

さして広くはないユニットバスの洗い場に、誠司はひざをついた。美雨は裸でだらりと手を垂らしている。乳房と尻の位置はさがった。腹と腰まわりには脂肪がみっしりとついている。人の重心は年をとるたびに、地面に近くおりていくのだろう。誠司はていねいに妻の髪をすすぎ、身体中を指の腹で洗っていく。性器を洗おうとしたら、美雨にとめられた。

「そこはあまり石鹸つけなくていいから。ちょっと沁《し》みる」

「そうか、ごめん」

シャワーで泡を流すと、つくりたての彫像のようだった。湯気が立ち、体温のある像だ。バスタオルをとって、わたしてやる。

「ありがと」

美雨の声がかすれていた。誠司はざっと身体をふくと、胸に滴をつけたまま美雨の手を引いた。

「いこう」

寝室まで裸で移動する距離は、三メートルほどである。その暗い距離が誠司にはたのしくてならなかった。

昼のお返しに美雨の性器をなめようとしたら、そっと頭を押さえられた。

「それはちょっとやめておこう。まだ感染症が心配だから」

その夜はなんでも妻のいうことをきくつもりだった。歯磨きもいつもの倍の時間をかけて、口腔洗浄液で殺菌もすませている。

「わかった。でも、指ならいいよね」

中指を一本、女性器の筋にそわせてみる。美雨はすでに濡らしていた。

「わたし、今日はおかしいみたい。さっきもあなたのなめていて、ひどかった。夜までに三回ふいたんだよ」

はずかしそうな声が、かわいくてたまらない。中指をゆっくりと前後に動かしながら、誠司はだんだんと指先を美雨の身体のなかに押しこんでいく。寝室のなかでも蜩が鳴いていた。それともこの声は美雨のものだろうか。狭くなったいり口を内側からやさしく探り、硬くとがった芽を指の腹でなでる。誠司はより敏感な左の乳房を吸いながら、美雨がいくまで決して速度をあげずになで続けた。妻と秋の蟬のながながとした声が、溶けあっていく。額と背中に汗をかいた美雨が息を整えて、身体を起こした。

「今度はわたし。あなたはじっとしてて」

午後と同じコースで、下半身をすべて舌で探られた。いい年の男が声をあげる。それが愉快でたまらない。美雨は昼よりずっと激しかった。ヘビーメタルのコンサートのように頭を過激に振っている。

「そろそろいいだろ。美雨が欲しい」

つけ根を手で押さえて、美雨がペニスから顔を離した。

「どの格好で？」

「普通でいい」

「待ってました」

美雨はさっとあおむけに寝そべり、脚を開き、両手を突きだした。うえから見おろすと、暗いベッドカバーを背景に美雨の目だけが明るく濡れている。

「その格好、赤ちゃんみたいだな」

にこりと笑うと、美雨がいった。

「パパ、いっぱい犯して。あなたの、ちょうだい」

誠司の頭の奥で火花が飛んだ。なにかが焼き切れたようだ。獣のような声をあげて、妻のなかに押しいっていく。こんなにひどいことをしているのに、この女がよろこんでいるのはなぜだろう。なぜ、もっと奥まで突き刺せないのだろう。このままペニスが美雨の心臓まで届けばいいのに。腰を打ちつけながら、誠司はそんなことを考える。

「もうダメ、わたし、いきそう。ねえ、いってもいい?」

耳元できく妻の声は、頭蓋骨《ずがいこつ》のなかに幾重にも反響して、脳の中心で鳴っている。蜩の鳴く森の奥深く、迷いこんでしまったようだ。

「いくなら、いっしょだよ」

身体を密着させて、腰の速度をあげた。結婚まえから数えると、もう十数年はなじんだ身体だった。駆けあがっていく反応が手にとるようにわかる。

「いくぞ」

「……はい」

誠司は美雨のなかに何度も射精した。自分でも混乱するほど、終わらない射精は続く。内臓まででていってしまいそうで、恐ろしくなった。

「はあ、たくさんでたね。このままでいて」

したから美雨がしがみついてくる。これがセックスだったのだ。生きることだ。半年ぶりの絶頂に誠司はしびれていた。

「ねえ、あなた、どんな感じ」

体調のことを気づかっているのかもしれない。胸の鼓動は上昇したままで、息も荒かった。ひどく疲れてもいる。だが、誠司が口にしたのは別なことだった。

「帰ってきたって感じだ」

命の世界にようやく帰ってきた。誠司はそう感じていた。手術が成功して、抗がん剤を点滴しただけではダメなのだ。いくらがんをたたいても、それは生きていることの暗い半分でしかない。輝く半分は、ここにあった。ゆっくりとペニスから勢いが抜けていく。押しだされるように、はずれて落ちた。誠司は美雨からおりて、となりに倒れこんだ。

「お帰り、誠司。帰ってそうそう、すごかったね」

つきあっていたころのように、名前で呼ばれたのがうれしかった。

「おたがいさまだろ」

誠司はサイドテーブルのティッシュに手を伸ばした。その手をとると、美雨が胸のうえにもどした。

「いいよ、今夜は最後までわたしにきれいにさせて」

半分ほどの硬度でうなだれるペニスに、美雨がかがみこんだ。するりと全長を口にふくんでしまう。

「しょっぱい。これって、わたしの味かな」

舌が動き始めた。先端の敏感な部分に集中する。

「それはきれいにするとかじゃないだろ」

腰が浮いてしまった。射精後のペニスは弱い。同時に腹の底から、力がみなぎってくるのを感じた。新しい力だ。

「なんだか、ちょっと硬くなってきたみたいだよ」

一瞬唇を離して笑う美雨を抱き締めて、無理やりキスをした。とがらせた舌で、女の口のなかを荒しまわる。すこししょっぱいのは美雨の味で、苦いのは精液なのだろう。この味がもっと混ざってしまえばいいのに。誠司は深いキスをしながら、精液を垂れ流す美雨のなかに指を二本重ねて送りこんだ。

いれない

弥生《やよい》が三月生まれなのか、遠藤直哉《えんどうなおや》はしらなかった。このアルバイト先に出会ったのは顧客管理の事務処理を外注しているオフィスで、弥生はそこのアルバイトだった。新卒採用の試験がうまくいかず、結局はフリーターになり、気がつけば三年がたっていたという。

弥生は今どきの二十代にしてはめずらしいストレートの黒髪で、職場ででしゃばることのない控え目な雰囲気によく似あっていた。無理をいって頼みこんだ突然の追加仕事に、直哉が詫びを兼ねて深夜手土産《てみやげ》をもってオフィスをのぞくと、ほかのアルバイトはみな定時退社しているのに、正社員に混ざって弥生だけ残業していた。

作業はすでに十二時間以上続いているはずだった。弥生は疲れも見せずにキーボードを歌うように打っていた。髪は夜の滝のようにまっすぐ落ちている。この子がまとう空気の厳しさは、どこからくるのだろう。若いけれど地味な女性に初めて注目した直哉が感じたのはそんな疑問だった。仕事中の真剣さと、抹茶餡《まっちゃあん》やチーズをいれた変わり種《だね》のたい焼きをうれしげに頬ばる姿が、その夜は印象に残っている。

最初のデートにさして意味はなかった。

直哉は結婚して、七年になる。妻の光莉《ひかり》は学生時代のクラブの後輩で、二歳年下だ。ネットを利用した自宅配送の生鮮食品ストアをつくる仕事がおもしろいように成長しているため、初産の予定は延びのびになっていた。妻は近く平の取締役への昇進が決まっているとうれしそうにいう。

直哉は先に重役になる妻の昇進をよろこんだ。それくらいで嫉妬して、いじけてしまうほど心のちいさな男ではないと、自分では思っていた。それが会社の帰り道、メトロにむかう途中で弥生に出会ったとき、夕食でもどうかとごく自然に誘っていたのだ。どうせ妻の帰りは遅い。ひとり切りの夕飯になるだろう。それならこの子と食事をするのも悪くないだろう。下心も、近い将来へのもくろみも、恋愛感情もなかった。ただそこにいたから、夕食に誘っただけである。弥生は無表情な顔でしばらく考えると、わかりましたといった。

直哉がむかったのは東京メトロでふた駅離れたところにある和食の店だった。三十代のなかばになってから、好んでイタリアンやフレンチの夕食を選ぶことはすくなくなっていた。たべなくとも身体は動くし、たべすぎればすぐ体重にあらわれる。質のいい料理と酒がどちらも少々あれば、十分に満足だった。

その店は外からはただの一軒家に見えた。路上においてある鶏の形をした素焼きの置物だけが、店であることをしらせている。座りこんで卵をあたためる姿の鶏の目とトサカから白熱電球の明かりが漏れていた。

「なんでも効率がよければいいわけじゃないなあ。LEDじゃ、こんな感じにはならない」

直哉は弥生にそういって、先に店にはいった。

弥生を口説くためではなかったので、自然に思いが離れていく。トーマス・アルバ・エジソンが発明したものは数々あるけれど、ほぼすべてが消えてしまおうとしている。直流送電はほんの数年で、交流式に敗れ去った。蓄音機はとうの昔にテープレコーダーからIC式になった。白熱電球も節電の日本では、あと数年でLEDに駆逐されてしまうだろう。高効率で、明るく、省エネルギー。なにもかもが便利で、賢くなる。そうはならないのは、なぜか人間だけだった。

「いらっしゃいませ」

白木のカウンターに先客はひと組だけだった。店主はまだ若く、直哉と同世代だ。

「奥は空いてますか」

直哉はどの店でもていねいな言葉づかいを崩さなかった。なじみになるのが嫌なのだ。

「一時間半ほどで、つぎのご予約がはいっていますが、それまででよろしければ、どうぞ」

「軽くたべるだけだから、十分です」

靴を脱いで、奥の個室にあがった。四畳ほどの茶室を模したこあがりは、いり口が低くなっている。直哉は声をかけた。

「弥生ちゃん、頭気をつけて」

直哉だと、腰をかがめなければとおれない低さだった。靴を脱いだ弥生はひょいと首をひねるだけで抜けてしまう。

「あれ、意外と背がちいさいんだね」

弥生が脱いでそろえたカフェオレ色のパンプスを見ると、ヒールが十センチほどある。

「会社へはいつも高いのしかはいていかないので」

言葉が宙ぶらりんのまま、妙にリラックスした個室に浮かんでいた。ここは壁も天井もしわだらけの和紙のような素材が張られている。繭《まゆ》のなかにでもこもったようだ。座卓を囲むと、弥生は緊張して品書きも開かなかった。

「なにか嫌いなものはない？」

首を横に振ると黒い滝のような髪が左右に揺れた。

「じゃあ、適当に注文するよ。お酒はビールでいい？」

「いえ、ビールだとすぐにお腹いっぱいになるので、日本酒か焼酎で」

「わかった」

店主がやってくると、京野菜のバーニャカウダ、鶏の刺身、鶏団子の水炊きを注文する。酒は後味のすっきりした鹿児島の麦焼酎にした。しゃれた皿に盛られて京野菜がやってきても、弥生はなかなか手をつけようとしない。

「どうしたの」

「あの……すみませんけど」

うつむいているので、黒髪で隠れて表情が読めなかった。嫌いなものはないといっていたが、鶏は苦手なのだろうか。

「どうしたの、食欲がないのかな」

「いえ、そうではなくて、今日はわたしあまりお金をもっていなくて、こんなに高級そうなお店だとは思わなかったので……」

また最後までいわずに、弥生は言葉を引きとった。繭のようなちいさな個室では、はっきりしないものいいがかえって心地いい。声が和紙の内張りに吸いこまれていくようだ。

「心配いらないよ。ぼくのほうが年上だし、男だし、クライアントだし、おごりだから。誘ったのもこっちだし」

弥生がうえをむいた。丸い額が子どものようでかわいい。考えてみると、妻のまえでこんなふうに年上男風を吹かせたことはなかった。昔の男になったようで、なんだか気分がよかった。弥生はバーニャカウダの水菜をつまんだ。

「あっ、これ割とニンニクがきいてます」

キスをする可能性は欠片《かけら》も考慮にいれていなかった。直哉も白瓜《しろうり》をかじってみる。

「ほんとだ。これじゃあ、キスもできないな」

「そんなことないです。同じものをたべていれば、だいじょうぶじゃないですか」

「……そうなんだ」

ひと言で事態が変わるのが、男と女のおもしろさだった。直哉のほうがあたふたとしてしまう。弥生は男の心模様もしらずに、刺身に箸《はし》を伸ばした。

「鶏もお刺身でいけるんですね。わたし、こういうの初めて」

無邪気なものだ。直哉は結婚してからの自分の暮らしを考えた。七年間、浮気も浮気に近いこともしたことはなかった。それが予期せぬ相手と、隠し部屋のようなところで麦焼酎をやっている。どうやら店の選択を間違えたのかもしれない。直哉はぐいぐいとオンザロックのグラスを空けてしまった。あまり考えずに、さっさと酔っ払って、家に帰って寝てしまえばいい。浮気という言葉におびえたのは、直哉のほうが先だった。

後半になって、銅の小鍋が用意された。

白く濁ったスープは鶏の脂《あぶら》が乳化するまで、ガラを煮こんだものだという。

「これはこうするんだ」

竹筒に詰められた鶏ミンチを竹べらで、鍋のなかに割り落としていく。ほかに具は大量の白髪ねぎだけだ。好みでポン酢をいれてもいいけれど、出汁の塩味がいいのでそのままで十分だった。芯が生のうちに鶏団子をすくい、ネギと白ゴマをのせてやった。

小鉢をわたして、直哉はいった。

「そのままでスープだけのんでみて」

「あっ、おいしい」

「それはそうだよ。この小鍋のために鶏三羽分のガラを煮詰めたんだから」

「命をぎゅっと濃くしたんですね」

両のこぶしをにぎって、弥生が真剣な顔をした。

「おいしいものには、みんな命がかかってるんだ」

自分がしている仕事はどうだろうと、直哉は思った。すくなくとも自分は命をかけていないし、仮に仕事が失敗しても誰の命を危険にさらすこともない。屠《ほふ》られた鶏ほどの仕事もしていないのかもしれない。直哉は弥生と同じように自分の分をよそい、最後に一味唐辛子をたっぷりと振った。

「このあと締めになるんだけど、ごはんと稲庭うどんとどっちがいい？」

「それ、わたしもやってみます。じゃあ、ごはんで」

唐辛子いれの素焼きの小壺を手わたすとき、弥生と指がふれた。冷たくて、細い指だった。直哉はわざと陽気にいった。

「趣味があうな。やっぱり卵には、ごはんだよ」

弥生は黒い髪に半分隠れて笑うだけだった。

店をでたのは、夜十時すぎだった。いつもより高い勘定なのは、弥生が意外なほど酒に強かったせいだろう。メトロの駅にむかって秋の夜を歩きだすと、都会の乾いた植えこみでも虫の音がちゃんときこえた。この虫たちは一生をこの植えこみのなかですごすのだろう。もしかしたら、駅まえの通り一本わたることもないのかもしれない。

節電のせいで暗い道だった。人出もあの震災から減ったまま、都心でさえもどっていないように思う。日本という国も伸び盛りの青春を終えて、秋を迎えたのだ。さして収穫のない白けた秋がこれからやってくる。失われた二十年は、きっと失われた三十年四十年になるのだろう。虫の音にセンチメンタルになっていると、指先に冷たいものがふれた。

つぎの瞬間、白魚のような手がするりと直哉の手に収まっていた。指と指をからめる手のつなぎかただった。

「ごちそうさま。今夜はありがとうございました。わたし、こういうこと初めてで」

弥生は初めてなにかを最後までいおうとしていた。言葉をさえぎったのは、直哉のほうである。となりを歩く弥生の頰をやわらかにつかみ、こちらにむけた。驚いているが弥生は抵抗しない。直哉は黒髪をかきわけるようにキスをした。キスはすぐに深くなった。しびれる頭で直哉が感じていたのはひとつだけだった。

妻の光莉とは、唇も舌も違う。

弥生のほうがやわらかで、ぷるぷるとよく動いた。光莉は大柄なせいか、唇と舌にもっと肉質の厚みがあった。キスだけでこれほど違うと、ほかはどうなのだろう。直哉はおかしな想像をしながら、自分の行動に驚いていた。相手から確かな了解を得るまえに強引に唇を奪ったことはなかった。言葉ではいわないまでも、甘い雰囲気や相手のはじらいで拒否されないことは確認していた。それが弥生とは、有無をいわさず路上でキスをしてしまった。これも中年になった男のずうずうしさなのだろうか。弥生の口紅がなすったように左に流れていた。唇を直哉の唾液で光らせたままいう。

「強引なんですね、遠藤さん。そういうの嫌いじゃないですけど」

弥生はハンカチをだして、口紅をぬぐった。

「すごく久しぶりのキスで、遠藤さんのことちょっと好きになりました。だけど、困ったな」

弥生が駅にむかって、ゆっくりと歩きだした。直哉はほっとしながら薄い背中を追った。騒がれたり嫌がられたりしていたら、どうなっていただろう。セクハラとパワハラの両方で訴えられていたかもしれなかった。

「困ったって、なにが」

弥生がさっと振りむいた。背後に明るい街の灯が見えた。

「いいなと思う人にはだいたい奥さんがいる。遠藤さん、結婚してますよね」

結婚指輪はつけていた。傷だらけで薄く曇ったプラチナのリングである。

「ああ、してる。弥生ちゃんの気がすすまないなら……」

これで一時の迷いから逃げられると直哉は思った。弥生がさえぎる。

「だいじょうぶです。遠藤さんが約束してくれるなら、わたしはいいです」

「なんの約束？」

「絶対に最後までしない。いれなければ、その代わりわたしになにをしてもいいです」

大胆なことをいうものだった。弥生とは十歳以上も年の差がある。だいたい挿入しなければ、セックスではないとかんたんに割り切れるものだろうか。どこからが性行為で、どこまではそうではない、単純に線引きができるものとも思えなかったが、弥生はそういう提案で、自分の良心をなだめ、直哉の負担を軽くしてくれたのかもしれない。

断るべきだと頭の奥で警報が鳴ったが、返事をしようとしたとき唇の感触を強烈に思いだした。妻とは別な女性のやわらかな唇だ。

「わかった。約束する。なにがあっても、いれないようにするよ。おれたち、ちょっとだけつきあってみようか」

弥生は二十代なかばだ。長く引っ張るつもりはなかった。

「じゃあ、契約成立ですね」

躍るようにやってくると、弥生はまた直哉の手をにぎった。直哉はその手を自分の腰にまわさせて、駅につくまでにもう一度あの唇の感触を、自分の唇で味わった。

デートは翌週の金曜日だった。

直哉は六本木にある全席個室の和食店を予約した。悪い友人に相談すると、ぴったりの店があると教えてくれたのだ。少々室料は張るが、和室の奥に檜《ひのき》の風呂がついた部屋があるという。直哉も初めてだったけれど、表情にださないようにした。

とおされた個室は、床の間のある普通の和室だった。

「そこの戸を開けてごらん」

弥生は続き間の障子を開けると、驚きの声をあげた。直哉の注文ですでに湯が張られていた。二畳ほどの板の間の中央には湯気をあげる浴槽がある。

「さっと汗を流してから、のまないか」

店の人には風呂を先にするからといって、食事の注文を待ってもらった。生ビールをひとつだけ頼む。浴室の明かりは最小に落とした。

「このまえ弥生ちゃんは、いれなければいいといってたよね。じゃあ、裸になって風呂にはいってくれないか」

直哉は障子を開けたまま、となりの和室に座り、ビールをひと口のんだ。のどが渇いてしかたない。

「はい。わかりました」

弥生は背中をむけて、細かなプリーツをたたんだミニスカートをおろそうとする。

「こっちをむいて」

「はい」

のろのろと直哉のほうをむくと、弥生はウエストのホックをはずした。ストッキングははいていないので、生の太ももがむきだしになる。むいたばかりの果実のように光を放っていた。つぎは淡いブルーのシャツブラウスだった。じっとうつむいたままボタンをはずしていく。最後のボタンをまえに弥生が恨めし気に黒髪のあいだから、直哉をにらんだ。

「ひどいです」

弥生は両手で腹を隠していた。レースの縁取りのついた白い上下のランジェリーは高級品のようだ。直哉はビールをのんで質問した。こんなふうにじっくりと女性が脱ぐのを眺めたのも、酒の肴《さかな》にするのも初めてだ。

「それは弥生ちゃんの勝負下着なの」

「教えません」

「教えなくてもいいから、脱いで」

浴室が薄暗くとも、弥生の顔と胸一面が真っ赤に上気しているのがわかった。弥生はブラジャーをとり、ショーツをおろし、つま先を抜いた。両手でまえを隠している。赤くなっているのは、胸だけではなかった。太ももにも腹にも赤い斑点《はんてん》のような鬱血《うっけつ》が見える。

「お風呂にはいってもいいですか」

直哉ののどは熱にうかされてざらざらに渇いていた。少々のビールでは収まりそうもない。

「ああ、いいよ」

弥生は浴槽のむこうに移動して、しゃがみこんだ。木桶を手にとると、身体に湯をかけて、飛びこむように湯船に肩まで浸かった。檜の縁にあごをのせていう。

「遠藤さんもきてください」

「直哉でいいよ」

残りのビールをのみほすと直哉は立ちあがり、手早く外のほこりのついた仕事着を脱ぎ捨てた。その夜、最後まで弥生との約束を守るのは、最大の克己心《こっきしん》が必要だった。それでもなんとか直哉は最後まで粘った。風呂のなかではおたがいの身体を観察して、深いキスを繰り返したが、性器にはさわらなかった。

この店ではそれくらいが限界だろう。浴衣《ゆかた》でつまむ鱧《はも》はひんやりとしてうまかった。直哉はたいしてこの魚が好きではなかったけれど、弥生とたべて生まれて初めて鱧をうまいと思った。それだけ大人になったのかもしれない。


それからもふたりのデートは続いた。

挿入しないデートには、さまざまな可能性があった。セックスをするのなら、ホテルかどちらかの部屋にいくしかない。いくらバリエーションを増やそうと、最後は決まりきった形になる。だが、いれないのなら話は別だ。

直哉はデートにつかえそうなあちこちの場所を探すようになった。

人があまりいない公共の場所は有効だった。下着だけ脱がせた弥生と、美術館や博物館をゆっくりとめぐる。湾岸の現代美術館ではリキテンシュタインのまえで、弥生のやわらかな尻をさわっていた。恵比寿の写真美術館では、ビデオインスタレーションがおこなわれている映写室の暗がりで、弥生の乳首をつまんだ。

深夜のビジネス街も素晴らしかった。

会社員の消えた真夜中の虎ノ門や丸の内をゆっくりと、弥生と散歩する。浅草の問屋街や秋葉原の電気街の路地裏もおもしろかった。東京にはいろいろな顔があるけれど、ひとりならば決して直哉はこの街の夜の表情を見にいかなかっただろう。弥生への欲望がそのひとときの主題ではあるけれど、それ以外の背景もやはり興味深いものだった。

ゲームセンターのプリクラ撮影機のなかで弥生を裸にしたり、ヨーロッパのアートフィルムを上映するほぼ貸し切り状態の映画館で弥生に脚を思い切り開かせたりする。

あらゆる可能性を試しながら、ふたりのつきあいはいつの間にか二年をすぎていた。

話があるから、あの店をまた予約してくれないか。弥生にそういわれたのは、三度目の秋のことだった。あの店とは檜風呂のついた六本木の個室和食店である。最初のときのように、食事のまえにふたりで湯に浸かった。直哉は脚のあいだに弥生の身体を抱えこんだ。ときどき慎ましいけれど形のいい乳房をさわった。弥生はいきなりいった。

「来年の春、結婚することになったの」

とっさのことで、直哉はなにも返せなかった。うなるように漏らした。

「……そうか」

弥生の薄い背中を抱き締める。

「痛い」

思わず力がはいっていた。

「ごめん……おめでとうというべきなんだろうな、ほんとは」

「ありがと。でね、わたしから提案があるの」

思えば、あの夜のいれないという約束からすべてが始まっていた。もし普通に身体を重ねていたらきっとここまで続かなかっただろう。直哉は笑ってしまった。すこしだけ気が軽くなる。

「提案か、なんだか仕事みたいだな。それ、なあに」

弥生はむこうをむいているので、表情はわからなかった。声は淡々としているようにきこえた。

「あのね、直哉さんが選んで。まず、今夜このあとでわたしとちゃんとセックスして、二度と会わない。もうひとつは、わたしが結婚しても、今の形でいれないデートをこっそり続ける。それは一生直哉さんとはセックスしないってことだけど」

セックスはセックスではないさまざまなものをふくんでいた。挿入し射精するだけが性ではない。弥生との二年間で、直哉の性は変わっていた。それは弥生も同じなのかもしれない。肩が震えていて、弥生が相当の思いで今夜のデートに臨んでいたことがわかった。直哉はゆっくりといった。

「わかった。それなら、もう一度いれない約束をする」

弥生がうなずいている。白い肌のしたで、首のうしろの筋が伸びてきれいだった。

「おたがいに結婚したら、どちらかがおしまいっていったら、そのデートでおしまい。つぎはなくなるんだからね」

直哉にではなく自分自身にいいきかせているようだった。

「いつか赤ちゃんもほしいんだろ」

弥生はあごの先を湯船に沈めてうなずいた。檜の香りがする。

「わかった。弥生に赤ちゃんができたら、そのときはほんとに終わりにしよう。でも、それまではいれない」

「うん、いれない。で、直哉さんにいろんなところで、やらしいことしてもらう」

弥生が舌を伸ばしながら振りむいた。この切なさはいったいなんなのだろう。自分とこの人はほんとうに結ばれることは決してないのだ。結婚もできないし、実際の性行為もありえない。すこしだけ涙がにじんだ。だが、それはふたりが選んだ形だった。

直哉は目を閉じて、弥生の舌を唇ではさみ、とがった先端を吸った。

弥生の唾液は甘く、かすかに涙の味がした。

アローン・トゥゲザー

ひとりきりで孤独より、ふたりでいるのに孤独なほうがもっと淋しい。

谷口皆子《たにぐちみなこ》はそう思いながら、バターを落としたフライパンが熱くなるのを待っていた。スクランブルエッグの卵は四個分。ちいさなサラダボウルに割りいれて、生クリームを注いである。ダイニングテーブルでは明翔《あきと》と夫の秀人《ひでと》が朝ごはんの最後のおかずを待っていた。

「明翔、このまえの塾のテストの結果はどうだった?」

小学校二年生になるひとり息子の成績は、秀人がこの家庭のなかでただひとつ関心をもつことだった。

「ちょっとあがった」

「そうか、その調子でがんばれ。上位の十五パーセントから落ちるんじゃないぞ」

この人はなにをいっているのだろう。皆子は腹が立ってきた。確かにいい大学を卒業して、いい会社にはいったかもしれない。けれど、人生のもっともひそかで大切なことで、自分こそ世のなかのダメなほうの半分にいるじゃないの。

皆子は女性誌でこの国の夫婦のセックスレスの割合は、四十から五十パーセントだと読んだことがある。けれど、近所の主婦仲間と話をしていると、とてもそんなものでは収まりそうもなかった。なぜかわからないけれど、皆子の友人はほとんどがセックスレスなのだ。

先週の土曜日だって、ひどいものだった。

新しいレースのスリップを着て、皆子は勇気を振り絞って甘えてみたのである。黒い赤いレースで縁どられた下着は、夫のパソコンの履歴で見つけたものだ。フランスの動画サイトにアップされていたのは、胸にそばかすの散ったブルガリア女性がゆっくりとストリップをする映像で、秀人はそれを二日連続で見ていた。決して安くはない買いもので、似たようなものを探すのもたいへんだった。それでも、もう一度きちんとこの人とできるなら、かまわない。

伸ばした妻の手を振り払って、夜の寝室で秀人はいった。

「よせよ、キモチワルイ。家族とセックスなんて、できるか。おまえ、いったいいくつだと思ってるんだ、その格好」

パジャマの背をむけて、夫は眠ってしまった。皆子は寝息を確認すると、のろのろとベッドから起きだして、三畳ほどしかないウォークインクローゼットにはいった。スリップを脱ぎ、同じ柄のブラとショーツを脱いだ。期待して、すこしだけ濡れていたのが、悔しくてたまらなかった。皆子はティッシュで冷たくなった性器をぬぐい、もう一枚抜いて涙をふいた。それから十五分ほど泣いたが、声を殺していたので、眠っている秀人には気づかれなかったと思う。

スクランブルエッグはふわふわで、湯気を立てていた。小学校二年生の明翔はケチャップで、皆子は塩で、秀人は醬油でとり分けてたべる。ごはんは夫だけで、息子と皆子はトーストだった。一膳分のごはんはラップに包んで、手榴弾《しゅりゅうだん》のように冷凍庫にならんでいる。

「今日はちょっとお友達と、ランチにいってくるね」

「ああ、どうせ遅くはならないんだろ」

秀人はテレビの天気予報しか見ていなかった。今日は十二月にしては、あたたかいという。日ざしがでる午後には、九月後半の陽気になります。ミニスカートの気象予報士は、秀人のお気にいりだった。

「うん、だいじょうぶ。いちおううちのお母さんにきてもらうから、明翔のほうは心配ないわ」

小学校低学年は二時には帰ってくるので、昼間家を空けるのもなかなかむずかしかった。わざと明るい声で、明翔にいった。

「アキちゃん、おみやげはなにがいい？」

「ドーナツ、いつもの砂糖がかかってるやつ」

クリスピー・クリーム・ドーナツのオリジナル・グレーズドだった。皆子はいつも半ダースの箱いりで買っている。秀人が皮肉にいった。

「しかし、ダンナが働いているっていうのに、ホテルのラウンジでランチなんて、専業主婦はどこもお気楽でいいね。つぎに生まれてくるときは、おれは絶対女がいいな」

夫は誰かがたのしんでいるのが、おもしろくない人だった。なにかいじわるをいいたくてたまらないのだろう。このマンションの頭金は全額、皆子の親からの援助だったというのに。だが、その朝の皆子は、夫のひと言で顔色を変えたりしなかった。

「ごめんねー、でも、学生時代の友達が真剣にメールしてきたんだ。たぶん離婚の相談なんじゃないかな。あそこのうちもうまくいってないみたいだから」

わが家と同じようにとはいわなかった。笑顔を固定して、じっと秀人の顔を見つめた。先に目をそらしたのは夫のほうである。

「まあ、いいよ。たまにはのんびりしてくるといい」

皆子は急須から夫の湯のみに日本茶を注いでやった。

「ありがとう、あなた。ちょっと羽を伸ばさせてもらうね」

それから自分のカップに紅茶をつぎたす。こんな朝でも、アールグレイの香りは素晴らしかった。

秀人と明翔をほぼ同時に送りだすと、皆子はすぐに携帯電話を開いた。

皆子のものはスマートフォンではなく、従来型の携帯だ。メールを打つには、やはりタッチパネルよりテンキーだった。どうも指を滑らせるだけでは、文字を入力した手ごたえがない。着信していたメールは一通だった。ファットキャットだ。タイトルの最初についている笑う猫の絵文字だけで、皆子の胸は高鳴った。

おはよう、ミナちゃん。
予定どおり今日の十二時十分まえに
セルリアンタワーのロビーでだいじょうぶ?
緊張するけど、たのしいね。
ダンナにけなされたスリップを着ておいで。

ファットキャットこと礼司《れいじ》は夫よりひとつうえの四十一歳だった。セックスレスに悩んでいた皆子が登録した携帯の出会い系サイトの唯一の生き残りである。最初は気軽な遊びのつもりだった。三十七歳の自分に女としての魅力はあるのだろうか。それだけを確かめるつもりで自己紹介を送ると、翌日には二十通を超えるメールが届いていた。

ストレートに割り切った大人の関係をもちたいという男。まずお茶から始めようという男。年上のプラトニックな異性のメル友を求める二十代の男。抜群のテクニックで一度のセックスで必ず二桁《けた》のクライマックスを約束するという男。ホテル代別で一回一万五千円でどうだという男。

男たちのメールの内容はさまざまだったけれど、なにより皆子を有頂天にしたのは、この谷口家のなかでなければ、自分はちゃんと現役の女性として見られているという事実だった。メールを読んだあとは、家事をしていても一日中ひとりで笑っていたほどである。

ファットキャットはそのなかでも、飾らずえばらない素直な文章に好感を覚えた。四十歳をすぎてから、腹がでてきた。自営業の仕事はうまくいっているが、妻との関係は冷え切っている。なぜか、妻はセックスに嫌悪感を抱いているようで、今どきあれは子どもをつくるためだけにするものだといったりするという。皆子が共感したのは、この三年間妻とはセックスレスだという一文だった。立場は逆だが配偶者に拒否されて自分と同じように苦しんでいる男性がいる。毎日メールを送りあうようになるのに、さして時間はかからなかった。

皆子は返事を打った。今日は夕方まで、だいじょうぶ。早く会いたい。このまえ写メールで送ったあのスリップを着ていくから、おたのしみに。送信ボタンを押すと、壁の時計に目をやった。午前八時三十分。これから洗濯と掃除を済ませて、シャワーを浴び、きっちり化粧をして、よそいきに着替える。渋谷の駅まえにあるホテルまでは、二子玉川からならば三十分とはかからないが、時間はすでにぎりぎりだった。

皆子は胸を高鳴らせながら、朝食の食器を洗うためにキッチンにむかった。

ロビーは吹き抜けになっていて、天井まで十数メートルはありそうだった。天井の高いところにいくと、なんだか背筋が伸びる気がする。床の大理石にヒールのかかとがあたる感触が心地よかった。半円形のロビーをとりまくように、フロントとソファがならんでいる。にぎやかな五十代の女性の団体がひとつ、外国人の宿泊客が二組、そのうちのひと組は冴えない初老の太った男と人目を引くほどスタイルがいい金髪の女だった。どの国でも金のある男は、ああいう女を連れているものだ。あとは商談らしいスーツの男たちが砂でもまいたように散らばっている。ファットキャット・礼司の姿は見あたらなかった。時刻は約束の二分まえだ。

おかしいな、じゃあソファに座って待とう。一歩踏みだそうとしたときだった。ぽんとうしろから肩をたたかれた。皆子は跳びあがりそうになった。

「いいねえ、そのスーツ。うしろ姿が完璧。このロビーにいる人のなかで、一番いいよ」

振りむくと、ヒールをはいて百七十センチほどの皆子とほとんど同じ目線の高さに、あごひげをはやした男がいた。色の薄いサングラスをかけて笑っている。レザージャケットは素敵な黒革で高級そうだが、かなり着こんでいるようで前身ごろが細かな傷だらけだった。

「ファットキャットさん？」

「礼司でいいよ。その名前はずかしいから。じゃあ、いこうか」

うなずいて、初対面なのによくしっている男と歩きだす。皆子の靴は熱した夏の入道雲でも踏んでいるようだった。

「三十七歳には見えないよなあ。皆ちゃん、若いね」

礼司はアイスコーヒーをストローですすって、そういった。ふたりはハンバーガーを頼んでいた。千円以上もするホテルの本格的なハンバーガーは確かにおいしいけれど、考えてみたらひどくたべにくそうだ。皆子はすこし後悔している。

「そんなことないですよ。胸もお尻の位置もさがってきたし、お腹はやわらかくなったし、年をとっていいことなんてぜんぜんないです」

「それはこっちも同じだって。二、三年まえから中年太りで腹がでてきたし、やけに肩がこるしさ。まあ、あっちのほうはぜんぜん変わらないけど」

こんなふうに気安く下ネタを口にして、豪快に笑う。礼司は秀人と対照的で、この相手ならどんなことでも話せるような気がした。

「だけど、もったいないよなあ。こんなに色っぽい奥さんを放っておくなんてさ。セックスレスになって、何年だっけ」

自分でもぐいと眉のあいだに力がはいるのがわかった。

「ひとり息子を妊娠してからだから、もう九年になるのかな」

さらりといったが、自分でも驚いてしまう。二十代のころは毎週のように欠かさずセックスをしていた。それは秀人とつきあうまえからのことである。誰にもいわなかったけれど、自分でも性欲は強いほうで、セックスが好きで得意だと皆子は思っていた。

「へえ、それで今、三十七歳か。妊娠するまえはちゃんとダンナとしてたんだ」

「うん、そう。だいたい週末に一度、ウイークデイに一度で、週二回かな」

だんだんと皆子もほぐれて、ため口になってきた。

「皆ちゃんは、ちゃんといってたの」

それについては自信があった。皆子はなかでも、外でもいけるタイプだ。

「うん、いってた。でも、あの人は子どもを産んだ女とはできないみたい。なんだか母親としての感じが強くて、家族の一員としか見られないのかな。パソコンの履歴を見ると、海外の無修正アダルトサイトとかよくのぞいているんだけど」

礼司がにやりと笑った。

「じゃあ、ひとりでせっせとしてるんだな。性欲がないわけじゃないけど、それが自分の奥さんにはむかわない。なんだか、おかしなもんだなあ」

どうして、自分が近くで寝ているのに、パソコンのディスプレイで代用するのだろうか。失礼してしまう。

「わたしね、三十七歳になったある日、気がついたんだ。このままだと三十代の十年間を、一度もセックスしないですごすことになる。このままでほんとうにいいのかな。女として終わってるんじゃないか。もう誰も抱いてさえくれないんだ」

礼司はまたアイスコーヒーをのんだ。グラスにはびっしりと水滴がとまっている。

「それ、どんな感じ？」

あの日の午後、皆子はサングラスをかけて泣きながら二子玉川の髙島屋のなかをぐるぐると歩きまわった。あのとき誰かが声をかけてきたら、相手が十代の高校生でも七十代の老人でも、誰でもいいから寝ていただろう。

「よく廃墟の映像があるよね。何十年もまえに捨てられた病院とか教会とか。がれきまみれで、徹底的に壊れていて、誰に見られることもない」

ふうとため息をついて、皆子は最後にいった。

「見捨てられた建物みたいな感じ」

九年間誰のペニスも迎えていない女性器など、廃墟と同じだった。しなやかさとやわらかさを失い、硬く乾いている。どれほどおしゃれをして、きちんと家の務めを果たしていても、皆子の心と身体はかさかさだった。

「……子どもかあ。なんだか、皆ちゃんのところとうちは似てるんだよな。おれの奥さんはまあけっこうかわいかったんだけどさ」

「いくつ違いなの」

「五歳した」

自分より一歳しただと皆子は思った。

「うちの場合、悪いのは彼女じゃなかったと思うんだ」

皆子はにこっと笑った。

「礼司さんが浮気をしたとか」

「いや、まあ、そういうこともあったけど、セックスレスの原因は別だから。彼女の両親がキリスト教系の新興宗教にはまっていてさ。あとで話をきいたら、がちがちの保守派なんだよ、セックスにかんしてさ」

アメリカ中西部のバイブルベルトについて、新聞で読んだことがあった気がした。聖書原理主義の宗教保守派だ。

「ゲイはダメ、中絶はダメ、婚前交渉はダメ、フェラはダメ。セックスは子孫を残すための神聖な行為で、神さまから与えられた修練のひとつなんだってさ。女が感じすぎるのも神の意思に反するらしい。びっくりするよ」

礼司が両手をあげて万歳した。そこに大皿をもったウエイターがやってくる。最初に皆子のまえにプレートをおいた。赤ん坊の頭ほどあるハンバーガーに、サラダと山盛りのフライドポテトがのっている。紙ナプキンのうえにはぴかぴかに磨かれたナイフとフォーク。

顔を見あわせて、思わず笑った。

「こんなたべにくいものを初めてのデートで頼むなんて、おれたち緊張しすぎて、頭がいかれていたのかもしれないな」

「ほんとに」

いっしょに笑えたことが、皆子はうれしかった。礼司が声を低くしていった。

「だけどさ、そんなに神聖な行為だっていわれて、よしやるぞって気にはなかなかなれないだろ。男は子どもつくるぞって理由じゃ、むらむらできないよ」

それは女も同じだった。皆子はうなずいていった。

「奥さんはちゃんと感じてたの」

「わからない。いつも歯をくいしばって、声を漏らさないようにしてたし。もう三年もやってない。子どもができるまでは、月に二回くらいあったんだけど、今考えると排卵日にあわせて誘われていたような気がするな」

「ふーん」

礼司はハンバーガーを手づかみにすると、がぶりとおおきくかじった。皆子のなかで好感度がワンポイントあがる。

「まあ、おれはよそでするからいいけど、かわいそうなのはうちの娘だな。まだ二歳だけど、神さまについてジジババとうちの奥さんにたくさん教えこまれているから。夢は娘がぐれて、宗教をやめちまうことなんだけど、そううまくはいかないかも」

セックスは人間に贈られたよろこびなのか、呪いなのか。皆子にはよくわからなかった。ただ個人的な感覚では、半数の人間がこれを苦しみの種とし、半数がうまく快楽をのりこなしているのではないか。自分にはすくなくともこの九年間、苦痛以外のものではなかった。

「礼司さんもかわいそうね」

もぐもぐと口を動かしながら、礼司がいった。

「いやあ、そんな暗い話はもういいよ。それよりさ、あの写メのスリップつけてきたんだよね」

皆子は顔だけでなく、胸元まで血が浮かんで赤くなった。ツイードのジャケットのしたは襟《えり》ぐりの開いたベージュのシャツブラウスだ。ボタンをもうひとつはずせば、赤いレースの縁が見えるだろう。

「うん。着てきた」

「じゃあ、それ着たまましようか」

礼司の目のなかに強い欲望の光が見える。男からぎらぎらした目で見つめられる。それがなにより若いころの皆子は好きだった。好きな男が自分を性の対象として熱烈に求めてくれる。これほど心と身体をとろかすよろこびはない。

「いいよ。礼司さんも彼女にお口でしてもらってないでしょう」

礼司の頬が赤くなった。

「うん。結婚生活十一年、酔っ払って一度だけ」

その思い出を大切に生きてきたのかもしれない。皆子はあまりに男がかわいくて、噴きだしそうになった。

「じゃあ、たくさんしてあげる」

そのあとはふたりとも口数がすくなくなった。黙々と巨大なハンバーガーを片づける。礼司の足が伸びて、皆子の両脚のあいだに割ってはいってきた。ちらりと視線だけで笑みをかわすと、皆子は男の足をしっかりとハイヒールのパンプスではさんだ。


ホテルのエントランスで、ドアマンがにこやかに会釈《えしやく》してくれた。玉川通りは昼の渋滞が始まっている。礼司がペパーミントののど飴《あめ》をくれた。ふたりはすこし距離をおいて、ガラス張りの歩道橋をわたった。

「ラブホでいいよね。休憩で二万もつかいたくないから」

皆子はうなずいた。あそこはセックスをするためだけにある施設で、その潔《いさぎよ》さが皆子は好きだ。道玄坂《どうげんざか》うえにあるホテルを、礼司はつかい慣れているようだった。自動ドアのエントランスをくぐり、ガラスパネルを見あげる。

「どこでもいいよな」

室内を写したガラスパネルのわきには、サービスタイム三時間四千五百円と張りだされていた。部屋は七階、７０６号室だ。カードキーをフロントで受けとり、エレベーターにむかった。ボタンを押してもいないのに、目のまえですぐに扉が開いた。

「ちゃんとフロントのおばちゃんが気をつかってくれてるんだろうな」

ふたりで狭い箱にのりこんだ。それだけでなんだか息が苦しくなる。とうとうラブホテルの、エレベーターのなかまできてしまった。これからよくしりもしないこの人とセックスするのだ。そう考えただけで、皆子はめまいがしそうだった。

「あのさ、ちょっとお願いしてもいいかな」

礼司はすこし照れているようだ。皆子は声がかすれてしまった。

「えっ……なあに」

「そのさ、スリップの端っこを見せてもらいたいんだけど」

笑ってしまう。この人は夫とは違い、わたしが着ている下着のレースの切れ端にさえ興奮してくれるのだ。

「いいよ」

皆子はシャツブラウスのボタンをひとつだけはずした。赤いレースのあいだに、胸の谷間がのぞいている。はずかしいのは下着でも谷間でもなく、汗で胸が濡れていることだった。

「おー、すごいな。ほんとにちゃんと着てきてくれたんだ」

子どものように無邪気によろこんでいる。

「さわってもいいよ」

夫よりもごつごつと太い指先がこちらに伸びてくる。皆子は胸を張って、待ち受ける気分だった。十年まえよりもバストトップの高さはさがったが、形がいいのが自慢である。

「おー、やわらかい」

片手では足りないようで、両手で全体をつかむように揺らしてくる。皆子は一気に切なくなった。唇を求めたのは、皆子が先か礼司が先か、よくわからなかった。けれど、セックスというのは、どちらか一方が求めるものではなく、このエレベーターのキスのように双方が空気を読みあって、同時に求めあうものではないだろうか。

唇だけのキスがもう一歩すすんで、濡れた舌先がふれあった。そうだ、男の舌はこんな感触だった。九年ぶりのキスに感動していると、エレベーターのチャイムが鳴って、扉が開いた。

「いいとこだったのに、惜しいな」

礼司がカードキーを片手に、先におりていく。皆子も同じ気もちだった。なんなら、このエレベーターが百二十階まであってもいい。そうすれば、あの狭い箱のなかでつながれるだろう。間接照明の廊下を歩いていくと、ショーツが濡れて重かった。

玄関にはいると、礼司はバッグをもったままの皆子を後ろから抱きしめた。キスは最初から深く、両手は腰の細さを確かめて、尻におりてくる。やわらかさとボリュームを調べているようだ。この人の好きな形だといいのだけれど。

キスを休んで、礼司がいった。

「下着だけになって。そこによつんばいになってくれ」

礼司は玄関の明かりを消した。奥の部屋から漏れる光で、玄関はぼんやりとものの形がわかる程度の暗闇になっている。バッグをおいて、皆子はいった。

「ストッキングも脱ぐの」

「うーん、そうだな。靴とストッキングは脱いでいいよ」

なにか着るものと脱ぐものに基準があるのだろうか。相手に服従したくて、丸襟のツイードジャケットと同じ織柄のタイトスカートを脱いだ。靴とストッキングを脱ぎ、シャツブラウスも脱ぐ。一枚身体から布きれを落とすと、そのたびに身体がより自由でいやらしくなるようだ。脱ぎながら皆子は幸福だった。

「ここでよつんばいになるの」

あがりがまちのタイルはひんやりと冷たかった。暖房は効いているが、外は十二月だ。

「ちょっと待ってて」

靴のままあがると、ベッドカバーごと羽毛布団を引きずって、礼司がもどってきた。分厚い布団を半分に折って、玄関に敷いた。息を切らしていう。

「これでいい」

「わかった」

のろのろと皆子は暗い玄関にひざと手をついた。ぱちんっ。軽く尻をたたかれる。音はなかなかだが、痛みはなかった。

「もっと脚を開いて、お尻をあげてごらん」

腰骨をつかんで、引き寄せられた。礼司はまだ靴も脱がずに、玄関にひざをついている。

「うわっ、すごい濡れてる」

ショーツのあわせ目を指でなぞった。二重になったクロッチの外まで染みだしているのだろう。皆子はひどく飢えているようではずかしかった。

「九年もおあずけされたら、誰だって濡れるもん」

すねたような声が自分でも女だと思う。

「味を見ていい？」

待ってというまえに、礼司がショーツの底だけつまんでずらし、舌をつかってきた。礼司は皆子の性器をすきまなく舌で探った。最初のクライマックスまで、一分とはかからなかった。男の舌には電気が流れている。

荒い息が重なって、狭い玄関に女の匂いが満ちた。普段ならひどくはずかしいけれど、そのときの皆子は塩辛い匂いが誇らしかった。生きものはすべて海から生まれたのだ。女が誰かとつながるたびに、ちいさな海をつくってなにが悪い。

呼吸を整えると、皆子は上半身を起こした。

礼司のジーンズのまえに手をあてる。硬くなった熱が粗《あら》い布のしたで、垂直に立ちあがっている。硬いのがうれしいのではなかった。これほど硬直して自分を求めてくれる必死さがうれしい。

「今度はわたしがお礼をするね」

　ファスナーをおろしてトランクスをさげると、自分に負けないほど濡れている礼司のペニスを一気に口にふくんだ。男には男の海がある。つぎつぎとわきだしてくる男の潮は、どうしてほのかに甘いのだろう。そんなことを考えながら、夢中になって舌と口のなかの粘膜に男の性器をこすりつけた。

　セックスはショーツだけ脱いで、ブラジャーもスリップもつけたままおこなった。

　寝室の明かりも消してしまったので、時間の感覚はなかった。皆子は何度もエクスタシーを迎え、いくつもの形で礼司とつながった。礼司はコンドームを途中で一度つけ替えている。皆子はさすがに九年ぶりなので、うまく挿入ができなかったらどうしようと思っていた。だが、事前の心配は必要なかった。

　かさかさに乾いて、日ざらしのコンクリートのように硬くなっているはずの皆子の膣《ちつ》は、豊かにうるおい、しなやかに伸びて、礼司のペニスをすきまなくつかんだ。リズムをあわせて腰を動かしていると、すべてのダンスの元はこれなんだと思う。

「もういきそうだ。いいかい、皆子」

　いきそうになって、ようやく礼司は皆子を呼び捨てにしてくれた。男の厚い背中に手をまわして、皆子は叫んだ。

「いいよ。いっしょにいこう」

皆子は初めての男と、クライマックスが終わるまで九年ぶりのダンスを続けた。

ホテルをでると、まだ渋谷の街は明るかった。

夕方の光であたたかなオレンジ色に染まる通りを、ふたりは歩いていった。

「ほんとに九年ぶりなんて、信じられないよ。皆ちゃんはばりばりの現役って感じだ」

「そうだね。自分でもそう思う」

腰のあたりに気だるい熱が残っていた。まだ膣が身体の奥で腫《は》れていて、形がわかりそうなほどだ。礼司は道玄坂の人波を見ていった。

「後悔してる？」

皆子は首を横に振った。百万回振ってもいい。

「ぜんぜん。礼司さんは？」

「おれもぜんぜん。また会いたいよ」

笑いながら、皆子はいった。

「でも、おたがいに家族は大切にするんだものね」

「そう。やっぱり家族は大切。でも、セックスも大切だよな。だって、生きがいだもん。またメールするよ。おれはこれから駅にでるけど、そっちはどうする？」

皆子は街のほこりが夕日に金色に煙る坂道を見おろしながらいった。

「わたしはちょっと買いものがあるんだ。またメールするね」

礼司は手を振って、去っていった。一度セックスしただけなのに、別れ際の切ない気もちでいっぱいになる。皆子はそこで、心のスイッチをいれた。この瞬間から谷口家の主婦で母親にもどるのだ。この坂の途中に、明翔の好きなドーナツを売っている店がある。今ならあのひどく甘いシュガーコートのドーナツを、ふたつでもみっつでもたべられそうな気がする。

皆子はひどく腹が減っていた。

病院の夜

瑞穂《みずほ》が最初に胸が痛いといったのは、夏休みの最中だった。

子どものいない若い夫婦が、ふたりで出かけた沖縄中部のリゾートでのことである。慶介《けいすけ》はおかしいなと感じたものの、そのまま聞き流してしまった。妻はもともとあまり身体が強くなく、よく風邪を引いたり、季節の変わり目には必ずといっていいほど病気でもないのに何日か寝こんだりすることがあったからだ。とかく三十歳を過ぎると、女性は不定愁訴《ふていしゅうそ》が多くなるものだ。

「ちょっと日に焼けて、疲れたのかもしれない」

三泊四日のうち丸々一日を、瑞穂はビーチにも出ずツインベッドのひとつを占領して過ごした。慶介はしかたなく、予約してあったアクティビティをキャンセルし、日が傾くまで海に浮かんでいた。長時間、波に揺られ空を見あげていると、自分がクラゲか海藻にでもなった気がした。南国の切れるように鮮やかな夕日を浴びて、ホテルに帰る途中つま先がゼリーのようにやわらかで、足元がふらついたほどである。

その旅のあいだ、セックスは一度しかしなかった。

到着初日の夜である。恋人でも夫婦でも、おたがい口には出さなくとも夏のバカンスの旅先で、身体を重ねたかどうかはしっかりと覚えているものだ。去年は、一昨年は、最初のときは……。関係が新鮮なうちは回数まで覚えているかもしれない。北海道三回、ハワイ三回、シンガポール二回、沖縄読谷《よみたん》一回。慶介も結婚してから、出かけた夏の旅行での回数はきちんと覚えていた。この夏の一回はふたりの最低記録である。

瑞穂と慶介のあいだでは、性はオープンなものだった。食事のときでも普通に口にする。とくにアルコールがはいると、話さずにいることは逆にむずかしいくらいだった。チリ産の白ワイン（フルボトルで七百八十円！）をきんきんに冷やし、ナッツでもつまみながら、明かりを落としたリビングで話すのだ。

「しずちゃんのところは、もう二年くらいセックスレスなんだって」

へえといって慶介はうなずいたが、瑞穂がいきなり名を挙げたしずちゃんの名字もどんな顔をしているのかも知らなかった。会社の同僚ということだけは、かすかにわかる。

「彼のほうがぜんぜん手を出してこなくなったんだって」

「きっかけはあったの」

「彼女が二番目の赤ちゃんを産んでかららしいけど。それでね、このまえ思い切ってお風呂あがりに一番やらしい下着をつけて、迫《よ》ってみたんだって」

慶介はミックスナッツからピスタチオを選ってつまんだ。殻をむくのが面倒だが、塩味がいい。

「迫るって、どうやって」

会話の流れは相手にまかせて、うまく相槌《あいづち》だけ打っておく。女性と話すときのコツだった。

「よくわかんないけど、いきなりつかんだっていってた」

笑ってしまった。二年ぶりにいきなりペニスをつかまれる。夫はどんな気もちだったのだろうか。

「それはちょっとうれしいかも」

瑞穂は憤然《ふんぜん》としていった。

「普通はそうくるでしょう。でも、しずちゃんのダンナは『やめろ、不潔だ』っていって手を払いのけたって。ねっ、最低最悪でしょう。勇気を振り絞ってチャレンジしたのに」

「ダンナ、いくつなの」

「三十四歳だったかな。しずちゃん、もうあんなやついらない。ネットで男探すって怒ってた」

「怖い話だな。でも彼、ぼくとそう変わらないよね。どうしてみんな、こんなにレスになっちゃうのかな。うちの会社のやつでも、冗談でよくセックスと仕事は家庭にもちこまないとか、同じ女と百回以上やる男は変態だっていうのがいるけどね」

「奥さんにとっては残酷だよね。慶介がそういう人じゃなくてよかった」

妻が頭をもたせかけてきた。慶介は自然に妻の肩を抱いた。三十を過ぎて、肩も丸みを帯びてやわらかくなっている。つきあい始めてから数えて七年になるが、瑞穂が太った、みっともないという今の身体が、目を閉じて抱いているときは、これまでで一番いいかもしれないと思う。ランウェイを気どって歩くモデルとは違うのだ。ゼロ距離で気もちのいい身体には、脂肪と女性たちがたるみといって嫌うやわらかさが不可欠だ。

「セックスは百回を過ぎたところから、よくなるのになあ」

慶介は一度か二度寝たくらいで、ヘタクソとか相性が悪いとか平然と口にする若い女が苦手だった。セックスは時間と手間をかけて、ゆっくりと磨きあげていくものだ。

「そうだよね。ちゃんとしてれば、どんどんよくなるもん」

「瑞穂は昔の日本の給料みたいだからな」

「なに、それどういう意味」

「年齢給の話だよ。瑞穂はいま三十代なかばで、一度のエッチで三十回くらいいくだろ。四十歳なら四十回。五十歳なら五十回くらいいくようになるかもしれない」

「それはとても無理。今だって身体がもたないくらいだもん」

笑い声がそろった。セックスは生きがいだと、慶介は思っている。そういうと瑞穂もボクサーショーツのうえから半分硬直したペニスをつかみながらうなずいた。

「そうだよね。これがなくなったら、わたしも生きてる意味ないなって気がする。ちょっとご挨拶《あいさつ》」

瑞穂が頭をさげてきた。三十歳を超えてから、性欲が強くなってきたようだ。笑いながら慶介がいった。

「最近、キスするまえにフェラするよね」

「あっ、ごめんごめん」

瑞穂が身体を起こし、唇にふれるだけのキスをして、ペニスを呑《の》むようにくわえてしまった。舌の先で先端を一周して、唇を離す。

「なんか、こっちのほうが愛《いと》しくてたまらないんだ。あなたのここ、好き」

楽な形に座り直して、本格的になめる体勢になった。そこから、ふたりはいつものようにゆっくりと時間をかけてセックスをした。途中に休息をはさみながら、一時間半ほどだろうか。慶介は自分たちのセックスを長篇映画のようだと思う。たいていの映画でヒーローが勝利を収めるように、最終的な決着は決められている。けれど、そこに至るまでの過程は毎回異なるのだ。おたがいにアイディアをだしあい、相手の反応を読みながら手順を変えていく。ふたりでつくる一度きりの長篇映画である。

毎週のように新たに封切られる新作が、この先まだまだ続くのだ。セックスが生きがいであるのは、当たりまえのことだった。

沖縄から帰った瑞穂は、二日ほど会社を休んだ。

胸の痛みは中央に移り、家事で軽く身体を動かしただけで、顔色が悪くなり息切れするようになった。かかりつけの内科にいくと、その場で若い女医の出身校だという大学病院に紹介状を書かれた。できれば、その足で検査を受けにいってもらいたい。

慶介はその事情を携帯電話で知った。仕事を済ませると、すぐに信濃町《しなのまち》にある病院に向かった。受付できくと、瑞穂は循環器科の処置室にいるという。慶介はエレベーターまでの短い距離を走りたいくらいだった。

二階の処置室では瑞穂が診察台のうえに横たわっていた。慶介の顔を見ると、上半身を起こそうとする。左手に点滴の針が刺さっていた。

「そのままでいいから。なにがあったんだ」

看護師が顔をのぞかせた。慶介を確認するといった。

「おうちのかたがいらしてくれたんですね。仲川《なかがわ》さん、担当の先生の手が空いたら、すぐご説明にきますから。ちょっとお待ちください」

病院のちょっとは、普通の会社のしばらくだった。慶介は立てかけてあったパイプ椅子を開いて、診察台の横に座った。瑞穂の右手をとる。

「胸は痛くない？」

「うん、今はだいじょぶ。先生と話していて思いだしたんだけど、わたしのおじいちゃん、心臓発作で、五十代で亡くなっていたんだ」

「そうか。瑞穂のうちはお父さんもお母さんも元気だから、そっちのほうはぜんぜん心配してなかった。会社できいたときはびっくりしたよ」

まだ三十代の妻が心臓病で、手術の必要がある。すぐにきてもらいたい。そうきけば、どんな夫も浮足立つだろう。

「たいした手術じゃないもの。胸を切るわけじゃないし」

慶介は瑞穂のおおきくはないけれど、形のいい乳房にメスがはいるところを想像してしまった。自分の心臓が縮みあがりそうだ。

「あなたがくるのを待ってるあいだに、スマホであれこれ調べたの。ステント手術なら、普通一泊二日で帰れるんだって。まず失敗することもないみたい。先生にまかせておけばだいじょうぶだよ」

病院特有の消毒液とも、患者たちの体臭ともわからない微妙な臭いがする。慶介は瑞穂の右手をしっかり握った。

「そうはいってもなあ。ぼくも瑞穂も手術なんてしたことないし、なんとなく心配だよ」

瑞穂はいったん手を放すと、ぽんぽんと慶介の手の甲をたたいた。

「なんかね、入院する側のほうが安心かもしれない。わたし、夏休みのころから自分の体調が悪くなった理由がわからなくて、ずっと不安だったから。理由がわかって、やっとひと息つけた。気分はいいよ。あまり不安にならないように鎮静剤みたいなもの、点滴にいれてるのかもしれないけど」

横になったまま笑っている。患者の気もちはそんなものかもしれないし、瑞穂が気丈《きじょう》な人なのかもしれない。生まれてから一度も入院したことのない慶介には、ほんとうのところはわからなかった。

こつこつと開いた扉をノックする音が鳴った。

「はい、すみません。仲川さん、気分はいかがですか。パートナーのかたですね。よろしくお願いします。担当の加賀《かが》です。最近はね、こういうときご主人ですねといってはいけないんですよ。夫は主人ではありません、わたしのパートナーです、なんて叱られることがありまして」

保険の営業マンのような話し好きな医者だった。年齢は四十代なかばだろうか。

「あっ、よろしくお願いします」

慶介は腰を浮かせて、頭をさげた。加賀はデスクにむかうと、大判のフィルムをライトボックスにさした。スイッチをいれると心臓の形が浮きあがる。

「心臓の血管をちゃんと見るには、さらに検査をしないといけないんですが、今日おこなった簡単な画像診断でも血管に狭窄《きょうさく》があるのが、はっきりわかります。ここのところにある冠動脈《かんどうみゃく》が細くなっていますね」

ボールペンの先で指されたのだが、慶介にはよくわからなかった。

「普通は高血圧とか高脂血症《こうしけつしょう》とかの人がなりやすいんですが、奥さんの場合はどちらも違いますので、もともと生まれつき血管が細かったのかもしれません」

慶介は一番気になっていたことを質問した。

に帰った。

「手術には危険はないんですか」

「ええ、脚の太い血管から管をいれて、冠動脈にステントをいれるだけの手術ですから、つぎの日歩いて帰れます。まず心配はいりません」

慶介のなかにようやく安心感が広がった。やはりネットで得た知識と医者から直接耳にする情報は別なのだ。その日は再検査と入院の予約をして、ふたりはタクシーで自宅に帰った。


病いを得るのは不思議なもので、妻に対する慶介の気もちはがらりと変わった。手の届くところにあるものさえ、さっと身体を動かしてとってやりたい気になる。食事のしたくも、入浴や着替えの用意もしてやりたい。瑞穂のほうは薬が効いているせいか、逆に慶介の気遣いを面倒がるほどだった。

再検査は翌日で、手術は週明けに決まった。ひとつだけ残念だったのは瑞穂の腎臓の数値がよくなかったことで、一泊二日の予定は二泊三日に変更された。前日に泊まり、点滴で腎臓の薬をいれるという。


入院の初日、慶介は午前中半休をとり、瑞穂の病院につきそった。

「ここが病室かあ」

急に割りこんだ手術で部屋の空きがなかった。一泊で二万円近くするふたり部屋である。好都合なことにもうひとつのベッドは誰も使用していなかった。看護師にきくと、とりあえず予約もないという。

　窓際のベッドで点滴を受けている瑞穂が笑った。

「ちょっと得したね。四万円の広い個室を半額でつかえるんだもの」

「ほんとだ。いいかな?」

　慶介はベッドにかぶさるように身体を倒して、点滴をつけた左手にさわらないように注意しながら、瑞穂を抱いた。頬にキスをする。

「あーほんとうによかった。また来年も沖縄いこうな。今度はもっとエッチもしよう」

　驚いた顔をして瑞穂が見あげてきた。さっと半分だけ閉めたベッドを包むカーテンに視線を走らせる。

「今、何時」

　腕時計を見た。婚約記念に瑞穂からもらったオメガだ。

「十時二十分」

「じゃあ、あと四十分はこないね」

　点滴のチェックに看護師がくるのは一時間おきだった。

「慶介、もう一回ちゃんとキスして」

　朝の光がよく回る白い病室だった。廊下をいく人の足音もきこえる。慶介はさっと扉のほうを確認した。白いカーテンしか見えない。

「うん」

瑞穂を抱いて、舌をからめるキスをした。ゆっくりと舌の先をあわせて、唇の裏と舌の裏を探る。顔を離そうとすると、瑞穂が髪をつかんで、もう一度舌をいれてきた。ようやく唇をぬぐって、慶介はいった。

「ふう、すごかった。今のキスはやばい」

おどけた調子で妻の顔を見た。目の光が変わっている。完全に火がついたようだ。

「ねえ、すこしだけでいいから。あなたのなめさせて」

慶介はまた廊下のほうを振りむいた。誰かがひどく咳《せ》きこんでいる。車椅子の音がした。

「ここ病院だよ」

「病人の頼みなんだから、ちょっとくらいいいでしょ」

午後からは会社にいくので、慶介はダークスーツだった。ネクタイはスーツと同じネイビーだ。瑞穂の手が伸びて、スラックスの前立てを探ってくる。先ほどのキスで半分膨張した性器をつかまれた。

「ほら、この子だって、欲しがってるよ」

慶介は背後を気にしながら、ファスナーをおろした。ペニスを病室の空気に解放してやる。

「この形、好き。点滴で届かないから、もっとこっちにきて」

　ベッドの端ぎりぎりに立つ。瑞穂は右手でつけ根をつかむと、頬におしつけた。

「この匂いも、熱さも好き」

　舌がふれた。先端に舌があたる感触は、ほかになにも似たものがないと思う。瑞穂はいつものように激しく頭を振らなかった。じっくりと味わうように舌を回しながら、前後に動いている。慶介は妻の頭をずっと撫でていた。

　数十秒か、数分かもわからなかった。廊下で物音がして、瑞穂はさっと下半身から離れた。慶介もあわててショーツのなかにしまいこむ。物音がしただけで、誰もふたり部屋にははいってこなかった。慶介と瑞穂は顔を見あわせて笑った。

　頬を赤く染めた妻の顔が、ひどく愛しく見えた。


　その日は午後から出社し、翌日は手術につきそうため会社を休んだ。

　簡単で安全だときいていた心臓ステント手術だが、昼にはいった手術室を瑞穂がでてきたのは夕方だった。ベッドごと運ばれてきた瑞穂の意識はしっかりしている。看護師がいった。

「手術はうまくいきました。問題ないと先生はいっています」

「加賀先生は？」

「お昼まだなので、昼食にいきました。このあともう一件オペがありますので。お話はまたあとでといっていました」

あのしゃべり好きな医師はたいへんに忙しいのだ。きっと腕もいいのだろう。ベッドはエレベーターに乗せられ、病室に運ばれていく。慶介はハンカチで瑞穂の額に浮いた汗をぬぐってやった。

「気分はどう？　だいじょうぶか、瑞穂」

妻はやつれた顔でにこりと笑った。

「麻酔だか、鎮痛剤だか、わからないけど、なんか妙に気もちいいの。なんかふわふわしてる」

「わかった、ゆっくり休んで」

ベッドはふたり部屋の窓際にもどされた。瑞穂は寝たり覚めたりを繰り返している。食欲がないという割には、しっかりと病院の夕食をたべた。慶介も味見をしたが、減塩食ではないので、ちゃんとうまかった。

慶介が簡易ベッドを準備して横になったのは、夜九時半すぎだった。瑞穂も眠っているようだ。すこし早いがほかにやることもないし、明かりをつけると妻の休息の邪魔をするような気がした。

「ねえ、起きてる？」

そうきかれたと同時に目を覚ました。白い天井、白いカーテン、堅いベッド。ここは病院の個室だ。

「ああ、今起きた。眠れないの？」

「ううん、よく寝て、今起きたところ。夕方からずっと寝てるから、目が冴えちゃったみたい」

真っ暗な病室で声だけが、やけに近かった。

「お願いがあるんだけど」

トイレの介助だろうか。あるいは喉《のど》が渇いたのかもしれない。

「うん、なあに」

「昨日の朝みたいに、もう一度ぎゅってして欲しいんだ」

「……ああ。わかった」

簡易ベッドから上半身を起こした。身体を乗りだして、体重をかけないように瑞穂を抱く。耳元で息が漏れる音がした。

「お水のみたい」

「ああ」

「口移しでのませて」

「わかった」

誰もいない病室だし、廊下に人の気配もない。それでも慶介は声を殺してしまった。ペットボトルのミネラルウォーターを口にふくみ、ゆっくりと瑞穂の口のなかに流しこむ。

「おいしい。もう一回」

もう一度水をのませた。窓の外には緑とビルの暗い影が見える。東京の夜空に雲が動いていた。

「あなた、昨日の朝はカチカチだったよね。男の人はああなってもださなくて、だいじょうぶなの」

声を殺したままこたえる。

「まあ、だいじょぶかな。ここ病院だしね。ものすごく興奮はしたけど」

暗いベッドのうえで、瑞穂の目が光っていた。白目がひどく鮮やかに浮かんでいる。

「また見せてくれないかな。ご挨拶したい」

相手の望みを断らない。それがセックスレス防止には一番いいのかもしれない。慶介も瑞穂も、相手の望みがそのまま自分の望みになった。もう慶介はうしろの扉を気づかなかった。つぎの巡回までは一時間近くある。

ベッドの横に立って、パジャマのパンツをおろした。

「まだやわらかいよ」

瑞穂が横をむき、舌をだした。

「ここまできて」

一歩すすみ、腰を突きだす。目のまえにスイッチや配管が見えた。ここは病院の個室なのだ。つるりとゼリーでも呑むように、瑞穂が全長を口に収めた。舌とペニスのやわらかさは同じで、それが妙に気もちいい。しばらくその感触を味わっているうちに、慶介は完全に硬直した。髪を撫でている。

「ありがとう。もういいよ。さっき手術室をでてきたばかりなんだから、無理しないでいい」

「ちぇっ、つまらないなあ。ねえ、慶介、お願いがもうひとつあるんだけど」

パジャマをあげながらこたえた。

「いいよ。なに」

「最後までして、あなたのいくところを見せて欲しい」

「えっ……」

あらためて瑞穂の顔を見た。目は先ほどよりもさらに強い光を放っている。妻は性欲の強い女性で、慶介はその強さも好きだった。ためらっていると瑞穂はいった。

「ほんとはちゃんとエッチしたいけど、そこまではむずかしいから。あなたがいくとき、わたし、すごく興奮するんだ。お願い」

自由になる右手だけあげて、上目づかいに見つめてくる。笑いそうになって、慶介はいった。

「わかった。努力してみる」

慶介はパイプ椅子に浅く腰かけて、ペニスを握った。手を上下に動かす。

「顔が近いよ」

瑞穂は横むきになって、見つめている。

「ふーん、そうやるんだ。力はいれてるの」

上下動を続けながら慶介はこたえる。

「いや、あまり強くは握らない。ぼくの場合はだけど」

「あっ、先からでてきた。ちょっと手をとめて」

舌を伸ばし、なめとってくれる。

「うーん、ちょっとしょっぱい。続けていいよ」

慶介は往復運動にもどった。風が吹いている。夜の雲の動きが激しかった。

「ぼくからもお願いがあるんだけど」

嬉々《きき》として妻はいう。

「いいよ。なんでもする」

「じゃあ、胸をだして見せて」

パジャマのボタンをすぐに開いた。白い乳房が横に流れている。出産も授乳もしていないので、乳首の色はまだ淡かった。この胸の奥、心臓の動脈のなかに、なにかが埋めこまれたのだ。不思議だった。

「ねえ、慶介いきそう？」

「もうすこし」

「いきそうなときは教えてね」

「わかった」

慶介は瑞穂の目と乳房を交互に見ていた。それは突然やってきた。真っ暗な病室でペニスの先端に光が集まってくる。目を開いていられないほどの眩《まぶ》しさに、思わず声をあげた。

「瑞穂、いきそうだ」

「うん……」

先端がやわらかな肉に包まれた。慶介は射精した。いつもより量も、脈動の回数も多いようだった。目を開けると、瑞穂が首を伸ばして吸いついている。ペニスから力が抜けるまで、ずっと子どもの頭でも撫でるようにゆっくりと舌を動かしてくれた。名残惜《なごり》しそうに唇を離していった。

「のんじゃった。慶介のはおいしい」

「苦くなかった?」

「ううん、おいしい」

慶介はパジャマを直して、かすかに自分の匂いがする瑞穂の唇にキスした。瑞穂がいった。

「あー興奮した。わたし、もうびしょびしょだよ。慶介、ティッシュとって」

「拭いてあげようか」

「嫌だ」

ボックスごと渡してやる。それから新たな睡魔がやってくるまで、ふたりは高さの違うベッドで手をつなぎ、あれこれと過去と未来の話をした。

サービスタイム

谷澤浩介は二十歳で、経験人数はふたりだった。

どちらも大学の悪友が開いた「飲み会」という名の合コンで出会った、同世代の若い女性である。初体験からもう一年半ほどたっているが、そのときの落胆ははっきりと覚えている。場所は渋谷道玄坂裏の古いラブホテルだった。かび臭い部屋の番号は203。あれほど大人の世界にあこがれ、切なくて身体がよじれるような夜を何度も越えたのに、実際はこんなものか。セックスなど、すこしもよくなかった。

エステで働いているという子は、ことが始まってもハイチュウを嚙《か》んでいた。強い香料のピーチ味で、キスでうんざりした記憶がある。これなら美人で仕事熱心な女優が多いAVでも見ていたほうが何倍もましだ。ホテル代もかからない。浩介は初体験を済ませても、大人になった気も、一人前の男になった気も、ちっともしなかった。

谷澤家はそこそこの中堅企業のサラリーマン世帯で、学費は親がだしてくれるが、自分の小遣いは自分で稼がなければならなかった。浩介がこの春から始めたのは、駅まえの商店街にある地元スーパーマーケットの品出しである。倉庫から商品を台車に積んで、店の所定の位置に並べ、値札を張り替えていく。開店して閉店するまで、ひたすら補充を続けるのだ。

浩介はあまり対人関係が得意でなかった。接客は嫌だなあと思っていたときに、品出しのアルバイトを見つけ、店長との面接では客への対応がない点を確認して、職に就いた。命じられるままなにも考えずに身体を動かすのは気もちがよかった。頭のなかではまったく別なことを妄想していられるのも悪くない。大勢の人といっしょに働きながら、自分はひとりだ。それがすこし心地いい。

浩介にとって理想的なアルバイトだった。これであと時給が百五十円高ければ文句ないのだが。浩介はそう思いながら段ボールで脂《あぶら》をとられたかさかさの手で、サラダオイルを並べ始めた。春は空調の効いた店内でさえ空気がどこかやわらかい。鼻歌は誰かがうたうサクラがはらはらと舞う歌にした。

「谷澤くん、そのサラダ油特売だったよね、値札が違うんじゃない」

鼻歌をうたいながら、しゃがみこんで棚の奥にオイルを押しこんでいると背中から声をかけられた。跳びあがりそうになる。

「あっ、はい。なんでしょうか」

レジ係の古川《ふるかわ》智香子《ちかこ》だった。結婚していて、アラフォーだときいたことがある。智香子は半透明のプラボトルを手にしていう。

「これ、レジでバーコード読むと、298円なんだけど、今朝のチラシでは絶対258円になっているって、お客さんがいうの。確認しにきたんだけど」

このスーパーにはレジは二台しかない。さぞ行列ができていることだろう。浩介は制服のチノパンの尻ポケットにはいっているチラシを抜きだした。土曜日の特売にサラダオイルがある。

「258円です」

レジ係の主婦はちょっとぽっちゃり気味で、笑うと頬が顔の幅より丸く広がった。目は細く笑顔のなかに溶けてしまう。愛嬌《あいきょう》のある美人のカバのようだ。

「オッケー、だったらいいんだ。わたしはレジに戻るから、谷澤くん、店長に報告しておいて」

「……わかりました」

目を伏せたまま返事をした。どうも明るすぎる人は苦手だ。今度は歌はやめて、サラダ油の補充にもどった。ちらりと振りむくと、調理油・調味料の棚のあいだを遠ざかるアラフォーの巨大な尻が見えた。量感のある丸い半球が左右でやわらかそうに上下している。あの人は確か子どもがふたりいたはずだ。ということは最低でも二回は中だしをしているのだ。

夫婦ってすごい。

その日から浩介は、それとなく智香子を目で追うようになった。別に意識しているわけではないし、好きだという感情もなかった。ただぽっちゃりとした彼女が笑っているだけで、どこか癒された気がするのだ。あらためて智香子を見てみると、ちいさなスーパーの人気者なのだとわかった。ともに働くパートの同僚だけでなく、出入り業者や常連客まで、とくに理由もなく智香子に声をかけたり、冗談をいったりしている。自分にはとても望めないコミュニケーション能力だ。

全体的に丸くふくよかだが、きちんとウエストや膝《ひざ》や足首は締まり、スタイルは悪くなかった。太めの人のつねで、肌は白くすべすべで、そのしたにある脂肪のやわらかさを予感させた。浩介が寝た同世代のふたりはどちらも痩《や》せていたが、肌がざらりとして目の細かい紙やすりのようだった。ダイエットとファストフードのせいか、ひとりは吹きでものが多かった。どうしてどうして三十八歳も、二十代前半に負けていないではないか。

そうなると妄想好きの浩介の頭のなかでストップが利かなくなった。頭のなかでさんざん智香子を玩具にしてしまう。想像のつくほぼ全体位、思いつくほぼすべての場所で人妻と性交する場面を妄想し、たのしんでしまう。ときにはレジ脇の菓子の棚でエビセンを補充しながら、智香子の二の腕を横目で盗み見て、克明に肌の質感を再現しつつ妄想した。

ペニスを脇にはさんでもらい射精すると、智香子はサラダオイルの値段を確認したときの顔で笑うのだ。たくさんでたねー、わたしはレジに戻るから、店長に報告しておいて。

給料だけでなく、実物つきの妄想もたのしめる。

浩介にとって、地元の駅前スーパーが理想の職場になった。

この春の天気は急変につぐ急変だった。

朝晴れてぽかぽかとしていたと思うと、冷たい風が吹き荒れて、つぎの瞬間には雨粒がアスファルトを叩く音が盛大になっている。一日で十度以上気温が上下するのもあたりまえだった。

人件費削減のためスーパーではほぼ残業はなかった。ときには客がすくないと強制的にアルバイトは帰宅させられたりする。午後から雨になったその木曜日、夕方六時の定刻まで三時間以上も早く、浩介は店長に肩を叩かれた。

「今日はもう終わりだ。悪いけど、帰ってもらえないか。お疲れさん、また明日」

三千円近い減収は痛かったが、文句をいうこともできなかった。

「……了解です。お先に失礼します」

浩介は最後の宮城県産コシヒカリを平台に積むと、裏のロッカールームへいき、制服のチノパンを丸めて自分のロッカーに押しこんだ。雨音がきこえるので、ロッカーに置いていたビニール傘をもつ。

壁のクロスが薄汚れて灰色になった通用口をでようとしたところで、雨空を見あげて立っている丸い背中に気づいた。智香子だ。目をそらし近づいていくと、湿った風が吹いてきた。雨の匂いとよくわからないけれどゆで卵の黄身のような匂いがする。浩介は大人の女性の匂いを深呼吸した。その瞬間、智香子が振りむいた。

「あっ、谷澤くん」

またあの顔を見せる。ふんわりと許されている、包まれていると思いこませる笑みだ。同時に気づいた。智香子は傘がなくて、雨空を見あげていたのだろう。

「これ、どうぞ。ぼくは男だから」

雨脚は激しいが、春の雨でさして冷たくはなかった。

「ダメよ。谷澤くんが濡れちゃうじゃない。じゃあ」

なにをするのかと思うと、智香子はさっと腕をとってきた。浩介の横にぴたりと張りつく。腕にふれる腕がやわらかい。ぼんやりとしていると智香子がいった。

「ほら、傘さして」

「……ああ、はい」

半透明のビニール傘をさすと、傘のしたはぼんやりと明るかった。空のむこうから薄日がさしている。スーパーの通用口を抜けて、水たまりを避《よ》けながら、商店街の路地裏を歩いていく。智香子がくつくつと笑った。

「ふふっ、こんなの久しぶりだわ。谷澤くん、おばさんでごめんね」

「いや、そんなことはありません」

自分で思っていたより強くておおきな声をだしてしまった。怪しく思われていないだろうか。浩介は緊張した。意識はほとんど、自分の二の腕に集中している。歩くたびに智香子の胸がふれるのだ。三十八歳の人妻の胸のやわらかさを表現する言葉を、浩介はしらない。

「谷澤くんも早あがりだったの」

そういえば、智香子も確か夕方までの勤務のはずである。まったくケチなスーパーだ。ぜんぜん働かない大卒の正社員は多く抱えているくせに。

「はい、智香……いや、古川さんもですか」

心のなかで呼んでいるのと同じようにしたの名で呼びそうになったことに、智香子は気づいただろうか。脇のしたに汗をかいてしまう。

「うん、そう。子どもたちも部活で帰らないし、暇になっちゃった」

相合い傘の数十メートルで、商店街にでた。ここにはアーケードはない。思えば、そのとき浩介はこれまでの生涯で一番の勇気を振りしぼったのかもしれない。気がついたら、口にしていた。

「時間があるなら、お茶でもしていきますか」

口説いたつもりもナンパのつもりもなかった。ちらりと智香子が見あげてきた。

「わたしなんかと。谷澤くんからしたら、おばさんだよ」

またあの笑顔を見せる。目尻にしわが優しく寄るのに、浩介は驚いた。大人の女性はしわも魅力的なのだ。

「おばさんなんて、絶対ないですよ」

おかしな間《ま》が空いた。

「ふーん、そう。だったら、あそこにいってみる?」

私鉄の駅まえの商店街を右手にはいる信号のない路地だった。浩介はその先に目をやった。喫茶店の看板が路上に見える。寒いのだろうか。智香子が震えている。

「いいですね。じゃあ、ぼくはパンケーキでもたべようかな」

看板には名物の分厚い二枚重ねのパンケーキの絵が描かれている。

「そうじゃなくて、そのむこうの……」

青と赤のラブホテルの看板だった。駅の南口と北口に一軒ずつあるホテルのひとつだ。曇り空のした、空室のほうにぼんやりと青い灯《あか》りがついている。サービスタイムは午後六時まで。まだ三時間はある。今度凍りつくのは浩介のほうだった。

「カフェでなくて、その、あの、ホテルのほうですか」

あわてているのは智香子も同じだ。半分透きとおったように見える耳が真っ赤になっている。

「びっくりしたでしょ。わたしなんか、あなたの倍くらいの年だし。なんか気もち悪いよね。急にこんなこといいだして」

そういいながら、智香子が緊張で精いっぱいで、震えているのがわかった。つぎは浩介がこたえを示す番だった。手を引いて、青い灯りにむかいながらいった。

「いきましょう」

ラブホテルまでの九十秒、浩介はうしろをのろのろとついてくる智香子に傘をさし続けた。自分の着たブルゾンはびしょ濡れになったが、それさえ誇らしかった。

どうやって、フロントを抜けたのか自分でもわからなかった。薄暗いロビーに電飾の部屋案内がでていた気がするが、空き部屋はふたつかみっつしかなかった。エレベーターのなかでサービスタイムのきっちり半額二千四百円を、智香子がわたしてくれた。部屋は暗くて狭かった。ダブルベッドがフロアの七割を占めるほどである。

「ちょっと暗いなあ」

浩介がベッドサイドの操作盤をいじろうとしたら、智香子がいった。

「明るくしないで。これくらいでいい。先にシャワー浴びてくるね」

「あっ、はい」

間の悪い返事をしているうちに、智香子の丸い背中が浴室に移動していく。ほんの十分まえには、こんな事態は想像もしていなかった。今は職場のあこがれの女性が裸でシャワーを浴びる音をきいているのだ。どうしてこういうことになったのか、自分でも理解できない。浩介はとくにイケメンでも、スタイルのいい男でもなかった。もてる男とは対極である。

智香子がもどってくるまで、五分なのか二十分なのか、時間の感覚が狂ってよくわからなかった。備えつけのバスローブを着た智香子がホームスチールをする一番打者のように、見つかるのを拒否する速さでベッドに潜ってしまうのが、目の端をかすめただけである。

「谷澤くんもいってきたら」

「はい」

智香子はこういうことに慣れているのだろうか。だが、ラブホテルの看板を示したときの緊張と震えを、まだ鮮明に覚えている。昼さがりの情事を数々こなしてきている雰囲気でもなかった。

浩介は洗面所で手早く歯磨きを済ませ、シャワーを浴びた。とくに下半身にはたっぷりとボディソープをつかう。ペニスの感覚がなかった。硬直もしていない。ただ先端がメープルシロップでもかけたようにべたりと濡れているだけだ。強いシャワーですべて洗い流すと、寝室にもどった。

明るいバスルームに目が慣れたせいか、ほとんど真っ暗な気がした。つま先でベッドの位置を探っていくと、智香子が薄い羽根布団をあげてくれた。

「いいよ」

なにがいいのかわからないが、確かに智香子がそういった。ゆっくりと寄せていき、身体を抱き締めた。バスローブは脱いでいたようだ。彼女は全裸だ。

胸と胸、腹と腹、太腿と太腿があった。まわした手が背中にふれる。

「うー……」

浩介はうめき声を漏らしてしまった。こんなにやわらかな肌にはふれたことがない。経験のある細身の二十代のふたりのように、骨が鋭くあたるところはどこにもなかった。肩の骨、鎖骨《さこつ》、ひじの関節、普通なら硬いはずのところが、衝撃防止のクッションでも詰めたように、やわらかな脂肪で覆われている。ごつごつとぶつかってくるパーツが、身体のどこにもない。漏れてしまった声は、単純に智香子の肌が気もちよかったからだ。シャワー中はぴくりともしなかったペニスが、腹にあたっている。智香子と自分の腹に。

「谷澤くん、濡れてるね」

智香子が指先を伸ばし、先端にふれた。あっとちいさく叫んで、浩介は腰を引いた。もどした中指を智香子は唇でくわえた。

「ふふ、おいしい」

頭のなかで血液が逆流する音がきこえたような気がした。浩介は張りをなくした乳房にむしゃぶりついた。子どもを産んでいるとは思えない淡い色の乳首だった。左右交互に延々となめ続ける。こんなに吸ったらバストフェチだと思われないだろうか。心配になったころ、智香子の性器に手を伸ばした。

濡れている。指の腹を濡らして、クリトリスを優しくこすった。智香子も声を漏らしている。

「ぼくのもさわってください」

浩介は抱きあって、おたがいの性器をさわっている時間が好きだった。挿入時のように激しく動かなくていいし、女性の身体をしっかりと観察でき、感じられるからだ。智香子のよく脂肪がのった三十八歳の身体は素晴らしかった。遠くから見るのではなく、ゼロ距離で密着したときに、一番威力を発揮する身体。中年女性の身体というのは、そういう造りになっているのだ。

過去ふたりの二十代の女の子との経験では得られなかった感動がある。いろいろと経験を重ね、出産も済ませ、こういう身体になっていく。神さまも恐ろしいことをするものだ。肌の張りが失われ、髪の艶《つや》がなくなり、外見的な魅力が衰えてきた年代の女性の肌を、生涯で最高の質感にする。写真で見ていい肌と抱いたときいい肌というのは、まったく違うものだ。そう気づくと、若さだけを頭の悪い軍人の勲章のように誇る若い女たちが気の毒になって、浩介は笑いそうになった。若さだけにすがりつく女たちの、なんと貧しいことか。

三人目と経験はすくないけれど、智香子がそのなかでも最高だということは、考えるまでもなくわかった。ずっとふれていたくなる身体、裸で抱き締めたとき男の自分が声をあげてしまう肌をしているのだから。

挿入のまえに、なんとか避妊具をつけたことは覚えていた。

肌と性器は同じ感触なのだと、浩介は思った。智香子の内部は、背中や腹の肌の質感と同じ張りのないやわらかさだった。それが妙になじんで気もちがいい。男は硬く、女はやわらかい。セックスの秘密のすべては、その単純な真理で語れるような気がする。自分にはないものだから、求めずにはいられない。それだけのことなのだ。

射精後のひどく醒《さ》めた頭で、浩介は人生の大切な秘密がわかった気がして、避妊具がはずれないように慎重に身体を引き、蛍光色の星が無数に張られた折りあげ天井を感動しながら見あげていた。

ティッシュは智香子が手わたしてくれた。どうしてもきいておきたい質問を浩介は投げてみる。セックスのあと砕けた雰囲気がだせるのは、やはり経験の差だろうか。まえのふたりとはこんなふうにくつろげなかった。

「あの、どうして、ぼくだったんですか」

あの職場には、男はほかにもたくさんいた。正社員もアルバイトも、出入りの業者も、常連客も、男たちの多くは気さくでいつも上機嫌の智香子に気軽に声をかけていたのだ。

「どうしてっていわれても困っちゃう」

それはそうだろう。男性としての魅力など、自分にはない。すこし傷ついた気がしたけれど、浩介は顔色を変えなかった。こんなに素敵な身体をした人が、自分を選んでくれたのだ。それだけで満点である。

「……でも、やっぱり谷澤くんの視線かな。すごく熱心にわたしのこと見ていてくれたから」

羽根枕を半分に折って高くした。智香子の丸い線の横顔を盗み見る。安っぽい星空の天井を、三十八歳の主婦が見あげていた。

「わたし、もう何年も男の人にそんなふうに熱心に見られたことなかったから……うちのダンナもふくめてね」

こんなにすごい身体をしているのに、どうしてこの人の夫は自分の妻を見ないのだろうか。逆に浩介はそちらのほうが不思議だ。

「わたし、慣れているように見えた？」

セックスに？　浮気に？　質問の意味がわからなくて、浩介は迷ってしまった。

「いや、そんなことないけど」

「三年ぶりだった」

「えっ」

「だからエッチするのは、三年ぶりだった。自分から何度か誘ってみたこともあったんだけど、疲れているとか、その気になれないとか。最後のときはひどかったな」

智香子はさばさばという。

「おまえはそんなことしか考えられないのか、だって」

浩介は上半身を起こしていった。

「ひどい。こんなに素敵な身体なのに」

本心だった。この身体を放っておくなんて、どうかしている。浩介にはよくわからないけれど、今が智香子の人生でも最高のコンディションではないだろうか。つたない自分のテクニックでも、かぞえていられないほど智香子はいっている。

「ありがとね。谷澤くん、優しいね。わたしだって、そんなにエッチのことばかり考えているわけじゃないんだけど、誰からもそういう目で見られないと、女って自分が透明人間になったような気になっちゃうんだ。存在すべてを否定されてしまったというか。そこにいるのに、ぜんぜんいないみたい」

それが千日続いたのか。透明人間が砂漠を旅する場面が浮かぶ。

「……つらかったんですね」

同意しておくしかできない。目のまえにいる相手に、ずっと無視される三年間は、浩介の想像を超えていた。

「だけど、ごめんね。谷澤くんのほとんど倍の年だものね、わたし。あんなになってしまって、はずかしい」

智香子の身体をまだ明るいところでは見ていない。はずかしいという言葉で、ペニスのつけ根の奥に動きを感じた。そこが若い女性とは違うのだ。あのふたりは裸などぜんぜんはずかしがっていなかった。若いから自信があったのだろうか。全灯のホテルの部屋で、あっけらかんと全裸をさらし、堂々としていた。それがどれだけ自分の魅力を損なうか気がつきもしないで。はじらいが初めて女性の身体を性の対象にするのだ、という根本的な原理がわかっていない。

「あの、ぼくは経験があんまりないんですけど」

まとまった言葉を女性にいうのに、浩介は慣れていなかった。緊張してしまう。ペニスを半分立てたまま緊張するなんて馬鹿みたいだが、きちんと智香子をほめてあげたかった。誰もほめないのなら、自分が全力でほめる。そのときはそんな気分だった。

「ですけど、今までで一番素敵な女の人は、智香子さんです。ダンナさんがなぜ見てくれないのかわからないけど、悪いのはむこうのほうで、智香子さんじゃありません。若いとか年とってるとかじゃなくて、身体も肌も最高にいいです。ぼくはずっとやらしい目で見続けていましたから。あの……」

ぱっと智香子の顔が輝いた。黄色やピンクの蛍光シールの星よりもずっと強く。

「あの、なあに？」

「エッチが終わった今でも、ずっとです。智香子さんはすごいから」

「わあ、うれしい」

ちいさく叫ぶと智香子が飛ぶように抱きついてきた。腹のあいだに硬くなったペニスがはさまれる。耳元で人妻がいった。

「今の言葉ずっといい続けたら、谷澤くん、ばりばりにもてるようになるよ」

浩介は身体の右半分に鳥肌を立てながらいった。

「でも、ぼくはイケメンでもないし、お金もないです」

「そんなこと、ぜんぜん関係ないよ。女だって、そんなに馬鹿じゃないし、捨てたもんじゃない。ちょっと意地を張って、収入とか顔がとかいってみてるだけ」

浩介はまわした手で、智香子の背中に広くふれていた。背中の肌が魅力的だなんて、今このときまで考えてもみなかった。あらためて尾骨のうえから頸椎《けいつい》まで、背中全体を掃《は》くようにさわってみる。やはり背中はいい。女性の魅力のベストスリーにはいるかもしれない。

「わたし、三年ぶりだからもうすこしがんばっちゃおかな。サービスタイム、まだだいぶ残ってるし」

智香子はそういうと、薄い羽根布団に潜っていく。浩介は先端があたたかく濡れた闇に包まれるのを感じて、しっかりと目を閉じた。

ひとつになるまでの時間

「もしもし、もうベッドにはいった？」

明かりを消した寝室できく妻の声は、空《から》っぽのとなりのベッドからきこえるようだった。ひどく身近で親密な声である。黒いビロードの手袋でそっと耳をなでられたように感じた。篠原倫太郎《しのはらりんたろう》は目を閉じて、携帯電話に囁《ささや》いた。

「明日の準備をして、風呂にはいって、用事は全部すんだ。そっちは荷物、まとめたの？」

がさがさと毛布のこすれる音がした。耳のなかに突風が吹きこんだようだ。

「ええ、明日は早めにお店をでて、夕方の飛行機にのるだけ」

妻の声から顔の表情を想像した。早季子《さきこ》も自分と同じようにベッドのなかで目を閉じているに違いない。ゆったりとくつろいでいるはずだ。ただこちらは東京で、むこうは札幌にいるだけのことだった。すぐとなりで話しているように声は生々しいが、八百キロ以上も離れている。倫太郎は目を閉じた顔から細く締まった首筋へ、鎖骨《さこつ》のつけ根から白い丘のようになだらかに流れる胸へと想像を広げていった。鎖骨のくぼみの浅い陰は、倫太郎が発見した妻の弱点である。

「四カ月ぶりね」

「もうそんなになるんだ」

妻は新しい旗艦店を開くために、北海道に長期出張に駆りだされていた。働く女性のための適切な価格のシンプルで上質なファッション。早季子が働く会社は不況でも順調に業績を伸ばしているという。

「約束は守ってくれた？」

倫太郎はひやりとした。自分と会うまでの一週間、妻から自慰の禁止令がでていたのである。一昨日の夜、がまんできずに破ってしまった。

「ああ、なんとかね。今夜もあれをするの」

「……ふふふ、わたしはしたいな。倫太郎だって、したいでしょう？」

それは言葉だけのセックスで、ふたりの好きな前戯である。おたがいの妄想を、包み隠さず言葉にする。誰もが心の底に秘めている性的なファンタジーを共有するのだ。結婚して七年になるが、ふたりのあいだにタブーはなかった。

「うん、したいね。まえの晩あれこれ話すと、つぎの日実際にするときすごく盛りあがるから」

ふくみ笑いをして、遠方にいる妻がいった。

「ほんと、なんでかな。わたし、こんなにやらしい女じゃなかったと思うんだけど。倫太郎にあれこれ教えられちゃった」

「相性がよかったんじゃない？」

相性は身体の凹凸《おうとつ》にあるわけではなかった。ほんとうの相性は脳のなかにある。同じ方向性をもつ性的な想像力。それが結局はいいセックスを可能にするのだ。人は動物と違って、頭脳でセックスする。

「そうね。ふたりともやらしさを感じるツボがよく似てるものね」

倫太郎はベッドのなかに横たわる早季子の姿を想像した。ここよりも遥かに北の街で、この瞬間暗闇のなかに浮かんでいる女の姿。なぜかイメージのなかでは、妻は裸だ。右肩の外側にある浅い色の黒子《ほくろ》と背中のくぼみに青白い煙のように浮かぶ細かな静脈を思いだした。

「例の宅配便のドライバーの話は、あれから広がっているの」

「そうね、だんだん連続大河エロドラマみたいになってきた」

その青年はまだ仕事を始めたばかりで、学生のようだという。早季子のワンルームマンションの担当で、週に二度は宅配にやってくる。

「妄想のなかでは、どこまでいってるんだ」

「ふふふ、印鑑の代わりに、わたしが口紅を塗るところまで話したのよね」

そうだった。サインでも押印でもなく、妻はなぜかルージュを引いた唇で受けとりの印を残すのである。

「すると、あの人はポケットから宅配便のロゴがはいったポケットティッシュをだしていうの。サービスです、どうぞおつかいくださいって。わたしの手には荷物があるから困っていると、彼がティッシュを一枚抜いて、震える手でそっと唇をぬぐってくれる」

倫太郎は思わず笑ってしまった。

「玄関で、立ったまま、宅配便のドライバーがね」

「ここがチャンスだとわたしは思うの。もう胸がどきどきしてたまらないんだけど、思い切って舌をすこしだけだすんだ。口紅をぬぐってくれる彼の指はごつごつして四角くて、爪なんか十円玉くらいの厚みがあるの」

つい思いだしてしまった。早季子に指をなめられたときのことだ。左右の指と指の股《また》をていねいに舌でたどってから妻はいった。指には味がある。男の人の指はみな味が違うと。

「それで学生みたいなドライバーの指をなめるんだ」

「そう、舌を筒みたいに丸めて、太い中指をなめるの。舌をだしたり、いれたりしながら」

ベッドのなかで明日セックスする相手から、そんな言葉をきくのはたいへんなスリルだった。この会話を分けあっているのは世界にふたりだけで、イメージはどこまでも自由だ。倫太郎のペニスはパジャマのなかで半分硬直している。

「でも、いきなり指をなめられたら、相手だってびっくりして、引かないか」

「そのへんは妄想だからいいの。逆に、彼はすぐその気になって、わたしの口のなかを指であれこれ探ったりする。なかなかエッチのセンスがいいドライバーなんだ」

わずかな嫉妬と激しい興奮を感じた。倫太郎の声はかすれてしまう。

「そうなんだ」

「でね、彼はいうの。その箱の中身はなんですか、奥さん。見せてください」

「そういえば、荷物を受けとったままだったね」

早季子の声も熱をもってざらざらに荒れている。

「中身はね、あなたが送ってくれたセクシーなランジェリーなの。ショーツのクロッチは割れていて、ブラは四分の一カップくらいしかないやつ。わたしは開けさせないように抵抗するんだけど、無理やり薄い段ボールはちぎられてしまう」

宅配便で送ったことはないけれど、結婚前いっしょにランジェリーショップにいき、輸入物の下着を選んだことはあった。あれはたのしいデートだった。また試してもいいかもしれない。

「ちょっと待って、そのあいだずっと早季子は彼の指をなめてるんだよね」

妻が暗闇のなかで華やかに笑った。

「そう。ダメダメっていいながら、ずっとなめてる。もう中指だけでなく薬指もいっしょにね。わたしの口のまわりは唾液と口紅でべとべとなの」

「やらしいな、早季子」

「やらしいのは嫌い？」

ほとんどの女性は甘えるのが苦手だが、早季子は上手に甘えて見せた。妻の好きなところのひとつである。

「嫌いじゃないよ。それで、どうなるの」

「彼は部屋にあがって、奥のリビングにむかう。肉体労働をしている男の汗のにおいがする。彼は人差し指と中指でわたしの舌をつまんで、引っ張っていくの。わたしは胸にあなたからプレゼントされた下着を抱えて、これからどうなるんだろうかと思いながらついていくんだ」

倫太郎はちいさく唾《つば》をのんだ。なぜ、女性の性的なファンタジーは行為に移るまでのアプローチがこれほど長く細密なのだろうか。具体的な肉体の接触よりも、そこに至るまでの関係や状況に無闇に想像力をつかうのだ。

「彼はソファに座って、いうの。その下着に目のまえで着替えて見せろって」

「早季子はどんな格好してるの」

「いつものジーンズに、カットソー。うちのブランドのやつね」

倫太郎は札幌の部屋にあるソファを思いだした。サンドベージュのふわふわと頼りないかけ心地のソファだ。去年の夏はあそこでセックスしている。

「彼はソファに脚を直角に開いて座ってる。作業ズボンに手をやって、布越しにペニスをつかんで。早く着替えろ、のろのろするなって命令するの」

早季子は肉体的に乱暴なのは好みではないが、荒々しい言葉づかいは好きだった。妄想のなかでも実際のベッドと同じ傾向がでるようだ。

「わたしはジーンズを脱いで、彼のまえに立つ。想像だから、実際よりもだいぶスタイルがいいかな。もうペネロペ・クルスみたいなの。カットソーのなかでブラをはずそうとすると彼はいう。ちゃんとうえを脱いでから、替えろって」

きっと自分も同じことをいうだろうと思った。女たちはあんなにきれいな乳房をもっているのに、なぜもぞもぞとセーターやトレーナーを着たままブラをとるのだろうか。

「わたしはいわれたとおりにするの。裸でいるよりも恥ずかしいランジェリーを着て、彼のまえに立っている。乳首やしたの毛を隠そうとすると彼に怒られるので、しかたなく両手をうしろで組んで」

うつむいて全身を紅潮させている妻の裸身が目に浮かぶようだった。

「ランジェリーは何色なの」

「うーん、それは迷ってる。淡いバイオレットか、くすんだピンクかな」

「いいね、それすごく」

「わたしはもう恥ずかしくて、彼のほうに顔をむけることもできない。身体は直火《じかび》にあてられたように熱くなっている。問題なのはまだ指一本ふれられていないのに、わたしが濡れてることなの。薄っぺらなレースのショーツがあそこにぺたりと張りついてる。彼に気づかれないか、気が気じゃないんだ」

「早季子はそういうとき、もじもじ太ももをこすりあわせるよ。ひどいときは腰をつかってるな」

照れたように妻がいった。

「だって、どうしてもがまんできないんだもん」

「それから、どうするの」

「彼はひどく冷静な声で、命令するの。これをなめろって」

そこはだいたい予想がついていた。早季子はプライドは高いのだが、性的な局面では命令されるのが好きだ。

「わたしがソファにまっすぐいこうとすると、怒られるの。手をついて這《は》ってこいって」

「で、早季子はよろこんで、犬みたいに這っていく」

「そうなの。でも、ワンちゃんみたいな格好をするのは、ちょっとうれしいんだ。そのときにはわたしはめちゃくちゃに濡れてるから、太もものあいだに垂れちゃってる。這ってれば、彼に見られないですむでしょう」

思わず笑い声をあげそうになった。妄想のなかで、そんなことまで考えつくす妻がかわいかった。

「へえ。自分でそれがわかってるとしたら、そのますぐにフェラはできないね」

早季子の声が甘くねじれた。

「やっぱり倫太郎もそう思う?」

「早季子が札幌にいってから、ずいぶん話したからね。それくらいわかるよ。でも、出張がなかったら、こんなに秘密の話をしなかったかもしれないな。離ればなれにもいいことはあるね」

「そうだよね、身体だけじゃなくて頭のなかまで全部さらしちゃったからなあ。ほんとに恥ずかしいな」

身体よりもお互いの心をさらすこと。ほんとうのセックスはそこから始まるのかもしれない。

「それで理想的な彼はつぎはどんな命令をするの」

「そのままの格好で、お尻をこっちにむけろって。太ももまで濡らしてるのを見せなくちゃいけないの」

倫太郎にはそこが不思議だった。なぜ濡れている状態が女性たちは恥ずかしいのだろうか。男性の硬直したペニスと変わらないのに。男のものはよくて、女のものは悪いという理屈はないだろう。

「四角くてごつごつした指だったよね。早季子はいつさわられるのかずっと期待して待ってるのに、なにもされないから、もっと濡れてくる。つぎはそんな感じだよね」

「そうね。でも、しばらくすると彼の声がする。奥まで見せてもらったから、今度はなめてくれって」

「至れり尽くせりのご主人さまだな」

「わたしは這ったまま、ソファに座る彼の作業ズボンのファスナーを開ける。で、なかから硬くなったのをとりだすんだけど、それがすごく不思議なの」

ひどく変わった形でもしているのだろうか。倫太郎はクランクのように折れ曲がったペニスを想像した。

「なかからでてきたのは、倫太郎のおちんちんなんだ。それまでは宅配便の運転手だったのに。顔をあげてみると、あなたが座ってる」

そんなふうに告白されて、倫太郎の胸は躍った。わざと冷たくいってみる。

「そのサプライズはがっかりなの、それともうれしいの」

「ふふ、それがね、すっごくうれしいの。ねえ、倫太郎、いってほしい台詞《せりふ》があるんだけど、いいかな」

「別にいいけど」

「妄想のなかのあなたは、宅配便の制服にキャップをかぶって、にこりと笑って、こういうの。やあ、ぼくだよ」

長電話のせいで、ベッドが熱をもっていた。倫太郎は寝返りを打ってから、できるだけ二枚目の声をだした。

「やあ、ぼくだよ……こんな感じかな」

「ちょっと意識しすぎかな。でも、そんな感じ」

「で、早季子はいつもみたいに遠くからなめ始める?」

「そう、先のほうをくわえるまえになるべくじらしたいから」

妻の口の感触を思いだした。頭のなかではなく、濡れた感触をペニスに感じる。倫太郎の声が一気に切なくなった。

「今、ぼくのはかちかちになってる」

「いいなあ、それなめたい」

「早季子はどうなってるの」

「わたしはもうさっきからびしょびしょ」

「ぼくもそれなめたい」

「ダメ」

早季子は口での愛撫が嫌いである。酔っ払ったとき、たまに許可してくれるだけだった。

「ふー、こんなに切ないのに、なんにもできないんだな。ぼくは東京にいて、早季子は札幌だ」

「切ないのはわたしも同じよ。でも、約束だからね。絶対にひとりでしたらダメだよ。明日はうんと濃くなくちゃ嫌だから」

「わかってる」

倫太郎はベッドサイドの目覚まし時計に目をやった。もうすぐ深夜の一時だ。そろそろ眠る時間だった。

「なんだか拷問みたいだな。ひどい生殺《なまごろ》しだ」

「わたしも、電話のあとでいつももやもやして、なかなか寝られないんだ。今、あなたに抱いてほしくてたまらない」

「ぼくも早季子がほしいよ。でも、明日の夜にはいっしょだから」

「そうね。あと十八時間後には、あなたと羽田空港で会える」

「わかってる。もう待ち切れないよ。おやすみ」

「おやすみなさい。わたしはティッシュでふいてから寝るね。一枚じゃ足らないかも。じゃあ、明日ね」

　通話は切れた。寝室に夜の静けさがもどってくる。倫太郎は昔読んだ哲学者の言葉を思いだしていた。これから性交をおこなうことが定《き》まっているそのときまでの時間を、その哲学者は特別な時間で、ほんものの「経験」だとしていた。経験とは人間が自分のなかに生まれたある特定の事態に基づいて、自由を具体的に直感する場所にほかならないという。まわりくどいが、さすがにうまいことをいうものだ。

　セックスに捕られわれ、相手に縛られ、妄想の道具にされる。本来なら不自由の極《きわ》みのはずなのに、心は十八時間後にむかって矢のように飛んでいた。自分から熱烈に不自由を望む。その状態のなかにセックスの自由はある。

　倫太郎は携帯電話を胸に抱いたまま、夢さえはいるすきのない眠りについた。

私立中学校の国語教師が、倫太郎の職業だった。子どもたちはかわいいが、仕事は生活のための金銭を得る労働だと、割り切って考えている。その日は授業で論説文や小説や詩を読んでも、まったく心がはいらなかった。十年以上教師の仕事をしているので、スイッチがはいればいつの間にか五十分間は自動的に話ができてしまう。子どもたちには気の毒だが、たまには自動操縦にしなければ、身体がもたないのも確かだった。教師の仕事は激務である。放課後はいつもなら九時くらいまで残業をするのだが、仕事をもち帰ることにして、六時に学校をでた。

小型のドイツ車で、渋滞が始まった夕刻の道を羽田空港にむかう。倫太郎はきちんと論理のある製品が好きなのだ。走るための機能以外は無駄を削《そ》ぎ落とした車だった。これから性交するのが確定している時間。腰の奥にちいさな熱を放つ球があって、そこが心臓の鼓動にあわせてはずんでいるようだ。横断歩道や信号やまえを走る小型トラック、すべてが性的な色彩を帯びているように見えた。

空港の駐車場に車をとめ、到着ゲートのまえに立ったのはちょうど夜七時だった。気流の関係で、札幌発の飛行機は五分ほど定刻より遅れるという。もうすこし余計に早季子を待てる。それが好もしかった。

日本の四割ほどの夫婦はセックスレスだという。だが、逆に考えれば六割の夫婦がきちんとセックスをしているのだ。そのうちの多くは、自分たちと同じように単純な行為から無限のバリエーションを生みだし、セックスをたのしんでいるに違いない。今夜、この東京でどれほどの数のエクスタシーの火花が飛ぶのだろうか。あの快楽で発電が可能なら、無数のフラッシュが脈動しながら首都を照らしだすことだろう。

ひとり性的な夢想にふけっていると、開いたままのゲートを抜けて、早季子があらわれた。自社ブランドの春のワンピースを着ている。おおきなショルダーバッグをひとつ肩にかけ、手には同じラインのセカンドバッグをさげている。

早季子は夫をなにかまぶしいものでも見るように目を細めて見た。

「おかえり、早季ちゃん」

なかなか妻は目をあわせようとしなかった。

「ただいま」

倫太郎はさっと荷物をとった。

「外国映画なら、こういうときには派手に抱きあったりするんだろうな。どうしたの」

頬を軽く赤らめて、妻がさっと盗むように倫太郎と目をあわせた。

「そんなの絶対無理」

「どうして」

「だって、そんなことしたら、わたし我慢できずに到着ゲートのまえでも、してほしくなっちゃうもの」

昨夜はあれほどあからさまなファンタジーを語っていたのに、いざ顔をあわせるとひどく恥ずかしがるのが、なんだか愉快だった。妻をかわいいと思うのは、こんなときである。倫太郎は多くの旅行者がゆきかうコンコースを歩き始めた。

「うちに帰ってからだと面倒だから、空港のなかで晩飯にしよう」

エスカレーターを先にあがった倫太郎のジャケットの裾《すそ》を、早季子がつまむようににぎった。夕食はあまり食欲がないという早季子にあわせて寿司にした。カウンターで身体を寄せて、妻がいった。

「早くうちに帰りたいな。わたし、今日は味なんてよくわからないかもしれない」

白木のカウンターのしたで、倫太郎のペニスに血液が流れこんだ。

「ぼくもだ。昨日の夜は苦しかった。早季ちゃんはよく眠れた？」

早季子は耳元で囁く。

「もうずーっと、やらしいことばかり考えちゃった。四カ月ぶりに会うのに、寝不足で目のしたにくまができていたら嫌だなあ。そう思ったけど、ぜんぜん眠れなかった。起きたら、ショーツばりばりだ……」

板前が最初のにぎりをふたりのまえにおいて去っていった。コハダとヒラメ。一貫ずつ交換する。早季子がいった。

「あー、もうダメだ。ごはんより、早く抱いてほしい」

あからさまな言葉に、国語教師の倫太郎は弱かった。ペニスはほぼ完全に充実してしまう。もう寿司をつまむのも面倒である。まとめて注文して、さっさと帰ろう。

「ぼくもだ。早季子がほしい。急いでたべるよ」

駐車場にでると、春の夜だった。生あたたかい風が、手をつないで歩くふたりのあいだを抜けていく。車にのりこむと、シートベルトを締めようとした早季子のあごをつまんだ。こちらに顔をむけさせ、キスをする。倫太郎はふれるだけの軽いキスのつもりだった。早季子の舌が先に動いて、夫の唇を割った。全身をぶつけるように運転席に身体を預けてくる。そのまま舌をからめる激しいキスになった。倫太郎はワンピースの襟《えり》ぐりから手をいれて妻の胸にじかにふれた。早季子はコットンパンツのうえから硬直したペニスをつかんでいた。狭い車内はふたりの荒い息で埋まっている。どれくらいキスをしていたのか、自分でもわからなかった。ようやく唇を離すと、倫太郎はいった。

「すごかったな、今のキス。あやうくいっちゃいそうになった」

早季子はワンピースの乱れを直している。かちりとシートベルトを締めると、サンバイザーの裏についたミラーで、崩れた化粧を確かめた。

「早く帰りましょう。もうお願いだから、わたしにさわらないで。ほんとに苦しくて、たまらないんだから」

羽田空港から駒沢公園にあるふたりのマンションまでは、高速道路を使用しても四十分ほどかかった。車中で早季子はずっと夫に身体を寄せていた。手はペニスのうえにおかれている。

「不思議ね。よく夫婦は倦怠期《けんたいき》があるっていうでしょう。でも、わたしは七年もたって、今が最高にあなたのことが好きになっている。セックスだって、若いころ想像していたより何千倍もいいの」

首都高の段差がリズミカルに車を揺らしていた。バックミラーで周囲の車両の流れを確認しながら、倫太郎は片手で妻の肩を抱いた。

「ぼくも今のほうがずっといいと思う。ゆっくりと味わえるし、早季ちゃんの反応がすごいから毎回感心する」

早季子は額を夫の胸にぐりぐりと押しあてた。

「だって、ほんとにすごすぎるんだもん。わたしね、若いころはけっこう簡単に男の人と寝てたんだ。セックスなんて、そんなにもったいつけるほどたいしたものじゃない。そんなふうに思っていた。でも、今は違うの」

妻の肩を抱いた腕に力をこめて、倫太郎はいった。

「わかるよ。みんな、セックスなんて誰としても同じだっていうんだ。ぱっとしないカフェの昼の定食みたいに」

「そうね、ほんとうはすごいご馳走で、生きていくためになくてはならない栄養なのにね。今のわたしは倫太郎としかしたくないの。自分でも不安になるくらい倫太郎が好き」

妻の声の調子に驚いて目をやった。ちょうどそのとき早季子の目から、ひと粒涙がこぼれ落ちた。あわてて涙をぬぐうと、早季子は顔を隠してしまう。泣き笑いの声でいった。

「でも、こんなのよくないよね。泣きたいくらい好きになったら、あとがたいへんだもん。なんだか、わたしのほうが負けてるみたいだし」

倫太郎は妻の涙よりも、言葉に心を動かされていた。なにかをいおうとしたが、なにもいえずに黙って薄い肩をなで続けた。


マンションの地下駐車場に車をとめて、エレベーターでうえにあがった。ふたりとも欲望に酔ったようだった。車をおりるまえにキスして、エレベーターのなかでキスして、住民共用の外廊下でも人影がないことを確かめてキスをした。

倫太郎のペニスは痛いほど硬直している。早季子もショーツの底が重く感じられるほど濡れていた。玄関の鍵を開け、まっすぐに奥のリビングにむかった。明かりはつけない。火のついた服でも脱ぐように、倫太郎と早季子は手早く裸になった。

「もう、ほんとに我慢できないよ」

早季子が泣きそうな顔でソファに倒れこんだ。夫にむかって腕と脚を開いていた。倫太郎は最後に靴下を脱いで、早季子に重なった。なんの抵抗もなくペニスが妻の身体のなかに収められていく。本来の場所に帰ってきたような気がした。最初に早季子の奥に着くまえに、倫太郎はちいさく叫んでいた。

「ダメだ。もうぜんぜん我慢できない」

夫の腰をしっかりと抱き締めて早季子も叫んだ。

「わたしもいくよ。いっしょに……」

倫太郎と早季子のその夜最初のエクスタシーは、いつまでも消えない花火のように夜のリビングに高々とあがった。そのあとふたりは裸のまま親密に言葉を交わし、またセックスすることになるだろう。入浴と夜食の合間にも何度もつながるだろう。朝方、幸福とエクスタシーで疲れ切って眠りにつくまで、ふたりは身体と言葉をつかい経験を分けあった。

遠花火

約束の時間まで、まだ二時間あった。

改札口をでて、港街の空に目をやると、夕日の黄金色も混ざらない夏空だ。中川和也《なかがわかずや》は距離も高さも感じさせない淋しい青の天井を見あげて決心した。

（今日こそ、紗枝《さえ》ねえにあの日のキスの理由をきこう）

和也は東京にある東大ではない国立大学の四年生だった。この不景気のなか、なんとか電機メーカーに内定を得ている。なにがあっても、いくらはじかれても、決してあきらめずにかじりつく力。就職活動はつらかったけれど、今では自信の基《もと》になっている。

（それにしても……）

紗枝ねえにあの夏の話をするのは、就職の二次面接のようにはいかなかった。会社とは違い、うまくいかなければ、それでサヨナラと縁を切るわけにはいかないのだ。仲のいい叔母と甥という関係は、これからもずっと続けていくしかない。おかしな形でひびをいれたら、とり返しがつかないことになる。

桜木町《さくらぎちよう》駅まえからエスカレーターにのり、動く歩道でゆっくりと横浜ランドマークタワーに運ばれていった。自分が工場の製造ラインの一部にでもなった気がする。てすりのむこうには、コスモワールドの巨大な観覧車がそびえていた。この観覧車はネオンサインがついた大時計にもなっている。秒針と同じように一秒ごとに青く点灯していくネオンを眺めながら、和也は思いだしていた。

十四歳のときの初めてのキスの記憶である。

それは海辺に落ちているガラスの破片のようだ。何万回となく波に洗われたものだから、生きものの骨のように角は丸まっている。乾いていると白い小石に似ているが、真剣に回想するとたんに思い出は濡れて、澄んでぴかぴかに光るガラス玉になる。問題なのはこの大切な思い出が、ほんとうに現在も価値あるものかということだった。それを決定するのは和也の思いこみではなく、紗枝ねえなのだ。

八年間、胸の底に秘めてきた初恋である。

それも叔母と甥という結ばれるはずのない関係だった。黙っていれば、傷つくことはないだろう。それでも、どうしても紗枝ねえに、あのやわらかな唇の意味はなんだったのか、きいてみたかった。あの唇は和也が生まれてからふれたもっともやわらかなものである。

あれ以降、何人かの女性とつきあったけれど、誰ひとりとして叔母ほどのやわらかさをもった人はいなかった。あれから八年。自分も成人した。就職先だって決まっている。なにかアクションを起こすのなら今だろう。

動く歩道のつなぎ目を機械のようにわたって、和也は甘美な思い出のなかに沈んでいった。

中学二年生の夏休みだった。

和也はいつもの夏のように母方の実家に遊びにきていた。母・里枝《さとえ》の生まれた家は逗子の海岸近くにある。水着のまま玄関をでて、商店街をすこし歩けばビーチなのだ。夏休みの半分を、和也はそこですごしていた。

里枝には年の離れた妹がいた。和也のちょうどひとまわりうえの紗枝である。姉妹の性格は対照的だった。母は和也を二十一歳で産んでいる。小学校の高学年から筋金いりのヤンキーで、中学にはいると外泊はしょっちゅうだったと祖母からきかされたことがある。活発で、外交的で、誰にでもけんかを売るが、すぐに仲よしにもなる。若々しい母は自慢だったが、さすがに高校時代の男遊びの話をきくと、和也もげんなりしたのだった。

対して、妹の紗枝はまじめだった。親のいうことをきき、高卒で家を飛びだしていった姉とは逆に、横浜の大学にいき、そこで就職先を見つけていた。二十代のなかばになっても、実家から職場にかよっていたのである。

若い叔母のことを和也はおばさんと呼ばなかった。おばさんは母のように三十歳をすぎてくたびれた女性の呼びかただろう。和也はその代わり、この叔母を紗枝ねえと呼んだ。自分のほんとうの姉のようで、それが誇らしくてたまらなかったのである。

週末など叔母といっしょに逗子のビーチにいくと、男たちの視線が集中するのがわかった。派手なビキニを着た十代の娘たちにひきつけられていた男たちの注意は、叔母があらわれると磁石のように方向を変えてしまう。紗枝ねえには不思議な魅力があった。とり立てて美人でもスタイルがいいわけでもないのだが、なんでも受けいれてくれそうな母性的な雰囲気を発散している。それはいつも穏やかに笑っている表情にも、身体中のどこも丸みを帯びた体型にもあらわれていた。自分では太いと気にしている二の腕や太ももが、和也にはとてつもなく危険で好もしく見えた。

あれは夏休みのなかばのことである。紗枝ねえは失恋したらしく、一週間ほどふさぎこんでいた。いつもなら週末はデートにでかけるのだが、自分の部屋からでてこない。見かねた祖母は花火大会に誘うよう和也に命じた。最初は面倒がった紗枝ねえにも花火の熱が移ったようで、最後には浴衣姿でやってきた。和也は今もあのときの浴衣を思いだすと、胸が苦しくなる。紺地《こんじ》にあざやかな紫と紅の朝顔が咲く柄だった。

湘南《しょうなん》の花火大会はどこでも同じだが、海までの道は人も車もひどい混雑になる。和也が紗枝ねえの手を初めてにぎったのは、夏の夜の暑さと人いきれのなかだった。自分の手が汗で濡れているのがはずかしかった。大人の女性の手は、中学男子の手よりもひやりと冷たくて、指もどこかやわらかで丸い。

その夜の花火のことを、和也はよく覚えていなかった。いつものように大玉があがって、スポンサーの告知があって、スターマインが夜の海になだれおちて、最後に締めの五尺玉《ごしやくだま》が連発されたことだろう。ふたりは海に注ぐ河口の堤防に座っていた。和也はほとんどの時間、手をにぎったままとなりにいる紗枝ねえの顔を盗み見ていた。しもぶくれというのだろうか、丸々とした頰が花火が夜空に咲くたびに白く浮きあがる。首筋から浴衣の襟元《えりもと》に広がる肌には細かに青白い血管が走っていた。「まあ、きれい」とか、「すごい」とか声をあげる叔母のほうが、花火などよりもずっときれいだった。

長々とした花火大会が終わりに近づいたころ、紗枝ねえがいった。

「カズくん、そんなにじろじろ見たら、はずかしいよ」

自分はただの中学生である。背は紗枝ねえを追い抜いたとはいえ、大学を卒業してきちんと働いている大人の女性とは差がありすぎた。きれいなものは、見られてはずかしいことなどないのではないか。和也はびっくりして、素直な感想をいった。

「どうして、はずかしいの」

紗枝ねえは手を伸ばして、和也のあごの先をつまむと、自分にむいていた顔を夜空のほうにむかせた。

「そんなに一生懸命見られたら、誰だってはずかしいでしょう」

どんっと腹に響く音が海をたたいて、紗枝ねえが声をおおきくした。

「カズくんは好きな女の子とかガールフレンドとかいないの」

和也は首を横に振った。あこがれの人なら、となりにいる。けれど、その人には簡単に好きだとはいえなかった。

「そうなんだ、だったらキスもまだだよね」

酔っているのかもしれないと和也は思った。普段の紗枝ねえなら、そんないいかたはしない。だが、そのとき叔母はアルコールを口にしていなかった。

「だったら、思い出をあげる。絶対、里枝ちゃんには秘密だよ」

紗枝ねえの冷たい指先が伸びてきて、またあごをつままれた。夜の空から白い顔へ、むきを変えられる。背伸びするように顔を寄せてきて、唇が重なった。初めてのキスだった。女の唇は男の唇よりやわらかい。なぐりつけられたような衝撃のなか、和也はそう胸に刻んだ。唇を離すと頰を上気させて笑い、紗枝ねえがいった。

「今のは子どものキス。つぎのも絶対、里枝ちゃんにはないしょだよ」

なにをするのだろう、初めてのキスで固まっていると、また唇が近づいてきた。やわらかな舌が小魚のように跳ねて和也の唇を割ってきた。舌と舌がふれあうのは、唇とは比較にならない生々しさだった。いくらでも唾液が湧いてくる。和也は夢中で舌を動かした。なるべくたくさんの面積で、紗枝ねえの舌に自分の舌を重ねたかったのである。

ほんの数メートル先には、花火を見にきている客が無数にいるのだが、そんなことは気にならなかった。自分が一枚のしなやかに濡れる舌になった気がした。全身が紗枝ねえの甘い唾液に濡らされているのだ。

そのキスのあとのことを、和也はいつもうまく思いだせなかった。あのあとなにを話し、どうやって家まで帰ったのだろうか。その夜はひとりきりになってから、休むことなく二度ひとりでしたことしか覚えていないのだ。紗枝ねえとはそれきりで、翌年の夏に遊びにいったときには、新しい恋人をもうつくっていた。二年後に結婚して、五年後に別れることになったあの憎らしい証券マンである。

和也がそれからつきあうことになった何人かの女性たちに、あなたはキスが好きで、上手ねといわれるようになったのには、きちんと理由があったのである。

ランドマークプラザは中央が吹き抜けになった巨大なショッピングモールである。和也はエスカレーターをのりついで、すべての通路を二周した。本屋やブティックや横浜らしく海のモチーフの土産物をおいた店をのぞいてみたが、そこに飾られた品のなにひとつ胸に響いてこないのだった。ふたりだけで内定祝いをしてくれる紗枝ねえのことしか頭にはない。この緊張をどうしたらいいのだろうか。和也はただひたすら外光よりもまばゆいモールを歩き続けた。

約束の時間の五分まえにしゃぶしゃぶの店にはいった。自分と同世代のお運びに窓際のテーブルに案内された。かなりスタイルのいい美人だったが、雑貨屋のみなとみらいのペナントと同じくらいしか和也の胸はときめかなかった。いいのは紺地の絣《かすり》くらいのものである。まだ若すぎるし、細すぎるのだ。和也はこれまで、六歳以上うえの女性としかつきあったことはない。当然、理想はひとまわりうえだった。

「待った、カズくん。せっかくのお祝いなのに、ごめんね」

和也はまっすぐに叔母を見られなかった。離婚してから紗枝ねえは妙に胸の開いた服を着ている。ノースリーブのサマードレスは深々とV字に襟が切れこみ、静脈の浮いた乳房のふもとを丸くのぞかせている。オーガンジーというのだろうか、肌色よりも一段濃いベージュの透ける素材が二枚重ねになっていた。

生ビールが届き乾杯をすませると、紗枝ねえが和也の顔を見て不思議そうにいった。

「あのカズくんが、就職ねえ。わたしもおばさんになるはずだなあ」

裸の二の腕に目をやった。楕円に丸いきれいな肌だった。

「おばさんとかいわないで。紗枝ねえはぜんぜん若いじゃないですか」

お運びの女性がやってきて、テーブルに銅の鍋を用意した。なぜ牛の身はこんなに赤いのだろう。

「今の子の手の甲見た？　やっぱり二十代と三十代は違うよ。わたし、最近あちこちたるんできたなあって感じるもの」

たるんできたのではなく、肉がやわらかになったのだと和也はいいたかった。だが、紗枝ねえのまえでは、肉という言葉さえつかえない。叔母は草履《ぞうり》のようなおおきさにスライスされた霜降りの山形牛を、べろりと箸《はし》でさらって湯のなかで泳がせた。脂《あぶら》が抜けると同時に肉は白く縮んでいく。湯のうえに細かな脂の粒が無数に浮かんでいた。

「さあ、どうぞ」

和也のゴマだれの椀にいれてくれた。

「ありがとう」

山形牛はとろけるようにうまかった。なぜか、あの夜の紗枝ねえの舌を思いだす。この溶ける感じとやわらかさが似ているのかもしれない。

「どうしたの、カズくん。顔が赤いよ。もう酔った？」

酔ったのではなかった。また思いだしたのだ。この八年間、ひとりでするたびに思いだしていた場面と感触を、目のまえに当人をおいたまま思いだしたのだ。和也はそれが幸福なのか、不幸なのかわからなかった。ただこの時間がいつまでも続くといいと願っただけである。

最後のデザートは冷たい煎茶と柚子のシャーベットだった。追加した肉はほとんど和也がひとりでたべた。体重が気になるという叔母は、最初に二枚ほどたべてから、もう肉を口にしようとはしなかった。

窓の外はすっかり夜の色だった。おおきな窓ガラスいっぱいにライトアップされた横浜の街が切りとられている。紗枝ねえは頬づえをついて、窓の外に目をやった。

「そういえば、開港百五十周年のお祭りだったね。うちのマンションの屋上から、港の花火が見えるんだよ。ちょっと遠いけど、ちゃんとね」

花火のひと言で、和也の胸に火がついた。気がつくと質問していた。

「あの花火の夜、どうしてキスしたんですか」

自分の声がひどく真剣で驚いてしまった。紗枝ねえは窓をむいたまましばらく黙っていた。

「わたしが悪い人間だからじゃないかな。ごめんね、カズくん」

謝られることなどなかった。あのキスは和也の八年間を照らしてくれた灯台と同じだった。どんな女性のまえでも緊張しないのは、あのキスを経験していたおかげだ。

「彼に振られて、わたしは荒れていた。いきなりいわれたの。新しく好きな子ができて、その子は妊娠してるから、結婚するつもりだ。めちゃめちゃに傷つけられた気分だった。それで誰かを傷つけたくなったのかな。そのとき近くにカズくんがいた。悪いいたずらをしたら、こんなに純真な男の子に一生忘れられない傷をつけられる。初キスはわたしが奪ってやるなんてね」

紗枝ねえは成功したのだ。傷口は八年たった今も開いたままで、シロップのように甘い血を流している。

「ぼくはあの夜のこと、忘れたことないです」

声がかすれてしまった。ここでいわなければ一生後悔する。傷つくのが怖いなどといっていられなかった。二時間もくたくたになるまで歩き続けたのは、この勇気を振りしぼるためである。

「内定祝い、なんでもくれるっていいましたよね……じゃあ、紗枝ねえをください」

いってしまった。和也はうつむいて、うわ目づかいでこわごわと叔母を見た。紗枝ねえは怒ったように眉を寄せている。

「わかった。じゃあ、うちにいきましょう」

さらうように伝票を手にすると、紗枝ねえはテーブルを縫うようにレジにむかった。和也はサマードレスの裾《すそ》を揺らして伸びる丸々としたふくらはぎの動きに魅せられて、叔母のあとをなにも考えずについていった。

タクシーがとまったのは、石川町《いしかわちょう》の丘のうえだった。エントランスにはいったとたんに、遠くの雷鳴のような音が響いた。

「あっ、もう始まってる。屋上にいって、先に花火を見ましょう」

和也は軽く酔った頭で考えていた。先に花火にするのなら、そのあともあるのだろう。今夜はあこがれ続けていた紗枝ねえを抱けるのだ。今日一日がこんなふうになるなんて、自分でも信じられなかった。

エレベーターにのりこむと、最上階のボタンを押した。このマンションは八階建てである。扉が開くと目のまえは階段だった。

「ここをあがって、屋上にでるの。でも、今日は先客がいるかなあ。花火の夜はいつもそうだから」

紗枝ねえがいきなり和也の手をつかんだ。先に立って階段をあがっていく。シャンプーなのか香水なのかわからない軽い香りが流れてくる。和也は叔母の揺れる二の腕の白さに目を吸い寄せられた。

塔屋《とうや》のドアを開けると、コンクリートの屋上だった。雨染みが点々と黒く残っている。海にむかった柵《さく》のてまえで、ふたつのグループがレジャーシートを敷いて、宴会を始めていた。花火は遠い港のうえに、向日葵《ひまわり》くらいのおおきさで開いている。光が見えてから、音がきこえるまでに七、八秒はかかった。ふたりは柵の端にいき、ならんで花火に対面した。

「今度の花火は、ちょっと遠いね」

八年まえはほとんど頭上であがっていた。首が痛くなるほどまうえを見あげていたのだ。それが今は見おろすように遠くの花火を眺めている。同じなのは紗枝ねえと手をつないでいることだった。こんなに幸福なことはもう一生ないかもしれない。和也は咲いては煙になって流れる花火を見つめながら、そう思った。

花火の宴会は花見と違って、騒がしくなかった。みな夢中になって、一瞬を逃すまいと同じ方向をむいている。

「カズくん、ずいぶん背が伸びたね。あのときはあんまり変わらなかったのに、今では見あげるようだもの」

紗枝ねえに目をやると、なぜかのど元をじっと見ている。VネックのTシャツの胸元などめずらしいだろうか。照れたように若い叔母がいった。

「わたしね、男の人ののどが好きなんだ。とがったあごから、引き締まったのどの線って、女にはないものだから。すこしやつれて、のどが締まっていたりすると、どきっとする」

ためらうように照れてから、紗枝ねえがいった。

「カズくんののど、合格だよ」

異性の身体の思わぬパーツに魅了されるのは、男も女もいっしょなのだ。これほど違うのに、欲望のなかでは男と女は同じ動物なのかもしれない。花火が夜空に開くたび、和也の頭のなかも照らしだされるのだった。

「カズくんはいつもいっていたでしょう。うちのおかあさんはヤンキーで大雑把《おおざっぱ》でだらしない。わたしはおしとやかで繊細でまじめだって。でもね、ほんとうは里枝ちゃんのほうがいい子なんだよ。わたしのほうが男にかんしてはずっと悪いもの」

「そんなことないと思うけど……」

あの夜の二回目のキスを思いだした。十二歳も若い中学生に一生消せない傷を残そうとして、舌をからめるキスをする。悪いのは確かかもしれない。だが、その悪さが和也には好もしかった。

見つめあうと紗枝ねえの目の光がおかしかった。とろりとねばるように眼球が濡れている。

「あのときみたいに花火の音をききながら、キスしたいな。こっちにきて」

紗枝ねえに手を引かれて、北むきの柵を離れた。背後ではふた組の宴会が続いている。透ける素材のサマードレスの裾が夜風に揺れていた。

「どこにいくの」

「みんなから見えないところ」

屋上に突きでた塔屋をぐるりとまわった。死角になって、宴席からの視線は届かない。遠くで腹に響く破裂音が鳴っている。紗枝ねえが手を近づけてきた。これを待っていたと和也は思う。この冷たい指先を自分は八年間待っていたのだ。

あごをつままれ、あの夜よりすこしだけ丸くなった顔にむきあった。唇は記憶のなかのとおりだった。これほどやわらかなものをもって生きているのは、きっとひどく切ないだろう。やわらかなものはいつか必ず硬いものに破られる日がくる。

唇がふれるだけのキスをして、紗枝ねえがにっと暗がりのなか笑みを見せた。歯が白い。リップグロスは真珠色だ。なにかをいおうとした紗枝ねえの唇を人さし指でとどめて、和也がいった。

「つぎは大人のキスだよね」

「そう、カズくんもほんとうに大人になった」

舌をからめるキスをした。そのまま数十となく花火の音をきいた気がする。宴席の人の話し声、したの道路を走る自動車の走行音、最上階の部屋からきこえるテレビの野球中継。目を閉じて舌をあわせていると、耳と舌だけが敏感になる。

明かりの届かない塔屋の南面は、乾いたコンクリートの壁だった。そこに和也は背中を押しつけられ、もたれかかる紗枝ねえの体重で身動きができなかった。手をあげて、ドレスの胸にふれる。紗枝ねえが自分の口のなかでうめき声をあげたが、和也の右手はとまらなかった。

厚みのあるブラジャーのカップと肌のあいだに手をさしいれ、乳房の重みと広がりをてのひら全体で確かめてみる。こちらも驚くほどのやわらかさだった。人肌の湯をいれた風船のようだ。乳房のおおきさの割にはちいさな乳首だった。

唇を離すと、紗枝ねえが笑っていた。

「ほんとにカズくんも大人になったね。そのさわりかた、やらしい」

背中にまわしていた和也の左手をとって、両手で自分の胸をさわらせた。遠慮しなくていい。そう教えるようにため息をついてみせた。ふたたび深いキスにもどった。和也はキスをしながら、あこがれの叔母の胸にふれているだけでもう限界だった。ジーンズのファスナーがはじけそうになっている。

唾液で濡れ光る唇を全力で引きはがし、ささやき声でいった。

「紗枝ねえ、もう限界だ。部屋にいこう」

また遠くから花火の太鼓《たいこ》が響いてくる。紗枝ねえは目を細めて、首を横に振ってみせた。

「まだダメだよ。もうすこしカズくんをいじめてあげる」

叔母の手が舟形に伸ばされて、和也の全長を収めた。

「すごく熱くて、おおきくなってる」

マニキュアを塗った爪がファスナーの金具をつまんだ。じりじりと引きさげていく。紗枝ねえは割れたファスナーのあいだに手をいれると、ボクサーショーツの前立てを開いた。

「ここでだすのは、まずいよ」

和也のささやきは悲鳴のようになった。ほんの十メートル離れた場所では、酔っ払いが大勢花火を見ているのだ。

「だいじょうぶ。誰もうしろのほうなんて気にしないから」

紗枝ねえは和也のペニスをつまみだした。先端に透明な滴が伸びている。親指の腹で丸く先をなでながら、紗枝ねえがいった。

「いけないんだ、カズくん。女の子みたいに濡らしてる」

白い顔が息のかかる距離で見あげてきた。紗枝ねえは前髪をかきあげながら、ゆっくり腰を折った。

「ちょっとご挨拶《あいさつ》するね」

「……待っ……て」

叔母の肩に手をおいてとめようとしたときには、先端はあたたかな粘膜で包まれていた。紗枝ねえの口のなかは、どこもなめらかでやわらかだった。すきまなく濡れて性器の形に沿ってくる。ちいさな水音が紗枝ねえからきこえて、和也の腰は自然に動いてしまった。

叔母はひざを曲げて、和也のまえにしゃがみこんだ。口を前後させながら、舌は左右に掃《は》くように動き続けている。男をよろこばせる方法なのだろうが、それがただの技術に感じられないのは、本人が好きでたのしみながらやっているからだろう。

八年間あこがれ続けた人が、こんなにいやらしいことを自分からすすんでおこなう。和也はまったく失望などしなかった。この人を選んで間違っていなかったと思う。紗枝ねえの髪をなでながらいった。

「それ以上されたら、もうもたない。続きは部屋でしよう。お願いだから」

つけ根をつかんだまま、紗枝ねえが顔をあげた。

「いいよ、気にしないで。わたしの口のなかにだしちゃえば。全部のんであげる」

青白いほど冴《さ》えた白目で見あげられ、和也のペニスが勝手にびくりと震えた。先端からまた滴があふれだす。

「あっ、もったいない」

紗枝ねえが舌の先でなめとった。

「カズくんは若いんだから、だいじょうぶでしょう。わたしに遠慮しなくていいから、思い切りいって」

そういうと紗枝ねえは先ほどの倍の速度で、頭を振り始めた。

（もうなにも我慢することはないんだ）

和也は全身の力を抜いて、神経を紗枝ねえの口に収められた先端に集めた。目をあげて、空を見る。港街の夜空は濃紺に澄んで、濁った雲を浮かべている。星は雲のあいだに隠れていた。遥か彼方《かなた》まで続く夜空に花火の音だけが響いていた。射精の瞬間と花火の音が同時だといいなと思った。あこがれの人の髪をなでながら、和也はそのときを、全身を一本の柱にして待ち続けた。

解説

いしいのりえ

あの石田衣良が「オール讀物」で官能小説を書くなんて――5年以上も前の話だが、イラストレーターの私は小説誌「オール讀物」に掲載予定であった石田衣良の作品の挿絵の依頼を頂いた。彼のいちファンであった私はもちろん即快諾したのだが、物語の内容が官能小説だと気付いた時にはとても驚いてしまった。同誌での石田衣良といえば「池袋ウエストゲートパーク」を連載していて、セクシャルなイメージとは真逆に位置すると思っていたからだ。

まったく想像がつかないまま頂いた原稿を拝読したときの高揚感を今でもはっきりと覚えている。人のセックスを読むのが、とても楽しい。ページをめくるたびに、まるで思春期の頃に手探りで抱き合った時のようなワクワク感を思い出して、ついひとりで吹き出してしまった。

セックスって、こんなにおもしろくて気持ちいいものだよ。そんなメッセージが聞こえてくるようであった。

さまざまな小説のジャンルの中でも、官能小説というものは「セックスを主題にする」という、独特のカテゴリに位置している。人がセックスに至るまでの過程は多岐に渡る。私たちが日常行っているセックスは、他人が見たらどう感じるのだろうか？　なかなか答え合わせをすることはできない行為ではあるが、官能小説であればそれが叶う。官能小説には無限のセックスが描かれていて、どれも正解である。

本作「ＭＩＬＫ」には、夫婦や恋人、アルバイト先のパートの女性など、あらゆる関係のセックスが10編収録されている。

多種多様な男女が交わる様子は、どの作品もセックスに至るまでの過程が丁寧に描写されていて、また、読後感もしあわせで爽快に描かれている。石田衣良が提案するセックスはどれもかわいらしくて温かく、その行為を楽しんでいるように感じられるのだ。本作を読んでいると、まるで知人のデートシーンを覗き見しているような、温かい高揚感に包まれるのである。

作品を一つずつ紹介しよう。

「坂の途中」

女の性欲のたとえである「女の坂道」の途中にいる主人公は5歳年上の夫との月に1

度のセックスに満足できていない。ある日主人公は意を決して、以前から憧れていたSMプレイをしてみないかと夫を誘う。

不慣れな手つきで妻を縛る夫の様子がコミカルでかわいらしい。

夫婦が初めてボンデージテープを手にして、まるで子供が新しいオモチャを手に入れた時のようにはしゃぐ様子が微笑ましく描かれている。

独身時代はセックスというものは非日常の行為であるが、日々生活を共にする夫婦間で、非日常感を作り出すことは難しい。

主人公夫婦のように、思い切ってセックスを楽しんでしまうのも、夫婦のセックスを改めて楽しむひとつの方法だろう。本作は、セックスレスで悩んでいる読者にエールを送るような作品である。

「ＭＩＬＫ」

表題作となっている本作は、中学時代の同級生に嗅いだミルクスープのような匂いを求める男性が主人公の物語だ。

会社の同僚にその匂いを感じながら帰宅すると、風邪で寝込んでいた妻が、そのミルクの匂いを放っていた。

記憶に残る「匂い」を異性に求める人は多い。それは決して香水のような香しい匂いではなく、汗や体臭などの人間が本来持つ匂いである。

風邪で2日間風呂に入らない妻にミルクの匂いを嗅ぎ分け、欲情する主人公の姿は、女としての恥じらいと欲情という両極の感情を湧き立たせる。

「塩を振ったミルクのような匂い」という、決してオスが持たない独特のメスの匂いを本作は瑞々しく表現している。


「水の香り」

高校生の主人公は、ポルノ映画を観ることが趣味だ。この日も学校をさぼり、ポルノ映画を観ていたところ、水香というアダルトビデオの脚本家の女性に声をかけられる。取材と称した水香とのランチタイムの話題は、互いの自慰行為であった。近くにあるという彼女の仕事場に招かれた主人公は、水香に導かれて初めて女の肌に触れる。

ランチを摂りながら互いの自慰について明るく話し合うふたりからは、まるで公共の場でペッティングをしているようないやらしさを感じ、ぞくぞくする。初めて触れた女の唇の柔らかさや、胸の温もりを知った主人公のラストシーンが実にキュートである。


「蜩の鳴く夜に」

4ケ月もの間の抗がん剤治療を終えた主人公が、妻に付き添われて自宅に戻ってきた。

子供を持たない夫婦は、ご馳走を食べ、夫の退院を祝う。茜色に染まる自宅で妻に欲情した主人公は、心労により一回りスリムになった妻を抱こうと試みる。その夜主人公は、妻から「赤ちゃんが欲しい」とせがまれる。

生と死が重なりあう、静かで活力に満ちた作品である。

本来、セックスとは子を作るための行為であるが、本作の妻は、死から生還した主人公を生かすための性交を行っているようにも読み取れる。

「いれない」

30代半ばの家庭を持つ主人公が、20代の女性と不思議な不倫関係を持つ。

会社の帰り道に出会ったアルバイトの女を食事に誘った主人公は、店を出た後で酔いに任せてキスをした。互いに好意を抱いていた二人だが、彼女からの提案は「最後までしない」ことであった。

いれない、そんな制約があるからこそ無限にいやらしいことができる。

下着を脱がせた彼女と美術館を回ったり、プリクラ撮影機の中で彼女を裸にしたり。

ふたりはあらゆるいやらしいことを楽しむ。

ふたりにしか理解できない楽しい秘密を共有すると、双方に愛情が芽生えてしまう。

主人公たちはあらゆる方法で「いれない」セックスを楽しむ。その行為が楽しければ楽しいほど、ふたりの絆は強くなる。繋がることだけがセックスではないというせつなさを感じる作品である。

「アローン・トゥゲザー」

家族とセックスなんてできるか、と夫に告げられた主人公は、出会い系サイトで知り合った男性とホテルで待ち合わせをする。洋服の下に身につけているのは、夫にけなされた赤いレースが施された黒のスリップだ。

ふたりはラウンジで食事をしながら互いの家庭やセックスについて話し合い、ラブホテルへ行きセックスをする。

夫には女として見てもらえない主人公が初めて会った男と9年ぶりのセックスをする。決してタイプではないが、ひとりの男に女として強く求められる描写は、同性として胸が締め付けられる想いだ。

女はいくつになっても女でいる時間が必要なのである。

「病院の夜」

30代の夫婦は、手術をすることになった妻の入院先でセックスを楽しむ。

心臓病の疑いを持つ妻は、入院先の個室で、大好きな夫のペニスを舐めたがる。

そして手術後の夜は、夫が射精をするところが見たいとせがみ、夫に自慰をさせる。

その様子はまるで、突如訪れた未来への不安を払拭するように、強引にでも日常を過ごそうとする妻の無言の叫びのように感じられる。

「サービスタイム」

大学生の主人公のアルバイトは、地元のスーパーの品出しである。人と接することがあまり得意ではない主人公が気になっているのは、レジ係で子持ちのアラフォーパートである。

明るいムードメーカーの彼女を眺めているうちに、主人公は自然と彼女とのセックスを想像することになる。

そしてある日、ひょんなことからふたりは一緒に帰ることになり、彼女に導かれてラブホテルの門をくぐることになる。

アラフォーの女性であれば誰もが生きる元気が湧くに違いない。女として下り坂を歩く世代にとって20代の男に抱かれるなんて、これ以上のカンフル剤が存在するだろうか。

爽快な読後感と、タイトルが素晴らしい。アラフォー女にとって20代の男のコの存在はまさに人生のサービスタイムである。

「ひとつになるまでの時間」

北海道と東京。仕事のためにしばらく自宅を離れた妻と主人公が織りなすテレフォンセックス。

妻が語る妄想のストーリーに主人公は興奮し、4ヶ月もの間抱くことができなかった妻を想像して心が躍る。早く妻を抱きたい。決して触れられないもどかしさもまた性欲をかき立てる格好の材料なのだ。


「遠花火」

主人公は、14歳の時の初めてのキスを思い返していた。20代半ばであった叔母と、花火大会の夜にキスをした。はじめは唇が重なりあうだけのキス、そして次は、舌を挿入する大人のキスだ。中学生であった主人公は、どちらも初めての経験であった。

それから8年経った主人公は、叔母に当時のキスの意味を聞く。当時、叔母が主人公につけた印は大学生となった今も深く残っている。

何十年経っても初めての人は忘れられない。

大人になった今、当時の自分を思いかえしてちょっぴり気恥ずかしく、甘酸っぱい想いに包まれる。

石田衣良の作品を読むたびに、彼が書く男に抱いてもらえるような女になりたいと、いつも感じる。

作品中の男性は誰もが愛情深く、まっすぐに目の前の女を見つめ、丁寧に愛してくれる。そこに描かれている女たちは誰もがいやらしくて可愛らしい。照れや恥ずかしさを捨てて、好きな男の前でとびっきりキュートな女でいられるなんて、これ以上の喜びがあるだろうか。

そして本作では、セックスというものは若者の特権のように捉えられている昨今の風潮を払拭するように、熟年層のセックスもたっぷりと描かれている。

こんな年になって性欲があるなんて恥ずかしい。そう感じている人に対してそっと背中を押してくれているようだ。

いくつになっても、セックスは楽しい、と。

（イラストレーター）

初出

坂の途中
「オール讀物」2012年7月号
MILK
「つんどく！」vol.3
水の香り
「オール讀物」2012年4月号
蜩の鳴く夜に
「オール讀物」2011年10月号
いれない
「オール讀物」2012年10月号
アローン・トゥゲザー
「オール讀物」2012年1月号
病院の夜
「オール讀物」2014年10月号
サービスタイム
「別冊文藝春秋」2015年7月号
ひとつになるまでの時間
「小説現代」2009年3月号
遠花火
「小説現代」2009年7月号

単行本　2015年10月　文藝春秋刊

DTP制作　エヴリ・シンク

文春文庫

M I L K《ミルク》

定価はカバーに表示してあります

2018年5月10日　第1刷
2021年8月25日　第2刷

著　者　石《いし》田《だ》衣《い》良《ら》

発行者　花田朋子
発行所　株式会社 文藝春秋

東京都千代田区紀尾井町3-23　〒102-8008
TEL　03・3265・1211㈹
文藝春秋ホームページ　http://www.bunshun.co.jp
落丁、乱丁本は、お手数ですが小社製作部宛お送り下さい。送料小社負担でお取替致します。

印刷・凸版印刷　製本・加藤製本
Printed in Japan
ISBN978-4-16-791062-4

（　）内は解説者。品切の節はご容赦下さい。

石田衣良
池袋ウエストゲートパーク
刺す少年、消える少女、潰し合うギャング団……命がけのストリートを軽やかに疾走する若者たちの現在を、クールに鮮烈に描いた人気シリーズ第一弾。表題作など全四篇収録。（池上冬樹）
い-47-1

石田衣良
少年計数機
池袋ウエストゲートパークⅡ
他者を拒絶し、周囲の全てを数値化していく少年。主人公マコトは少年を巡り複雑に絡んだ事件に巻き込まれていく。大人気シリーズ第二弾、さらに鋭くクールな全四篇を収録。（北上次郎）
い-47-3

石田衣良
骨音
池袋ウエストゲートパークⅢ
最凶のドラッグ、偽地域通貨、ホームレス襲撃……さらに過激なストリートをトラブルシューター・マコトが突っ走る。現代の青春を生き生きと描いたIWGP第三弾！（宮藤官九郎）
い-47-5

石田衣良
電子の星
池袋ウエストゲートパークⅣ
アングラDVDの人体損壊映像と池袋の秘密クラブの関係は？　マコトはネットおたくと失踪した親友の行方を追うが…。「今」をシャープに描く、ストリートミステリー第四弾。（千住　明）
い-47-6

石田衣良
赤《ルージュ》・黒《ノワール》
池袋ウエストゲートパーク外伝
小峰が誘われたのはカジノの売上金強奪の狂言強盗。だが、その金を横取りされて…。池袋を舞台に男たちの死闘が始まった。シリーズでおなじみのサルやGボーイズも登場！（森巣　博）
い-47-7

石田衣良
反自殺クラブ
池袋ウエストゲートパークⅤ
今日も池袋には事件が香る。風俗事務所の罠にはまったウエイトレス、集団自殺をプロデュースする姿なき〝クモ男〟――。切れ味がさらに増したIWGPシリーズ第五弾！（朱川湊人）
い-47-9

（　）内は解説者。品切の節はご容赦下さい。

石田衣良
西一番街ブラックバイト
池袋ウエストゲートパークⅫ

勤め先の店で無能扱いされた若者が池袋の雑居ビルで飛びおり自殺を図る。耳触りのいい言葉で若者を洗脳し、つかい潰すブラック企業の闇に、マコトとタカシが斬りこむ！　（今野晴貴）

い-47-22

石田衣良
裏切りのホワイトカード
池袋ウエストゲートパークⅫⅠ

闇サイトに載った怪しげな超高給バイトの情報。報酬はたった半日で10万円以上。池袋の若者達が浮き足立つ中、マコトにはある財団から依頼が持ち込まれる。　（対談・朝井リョウ）

い-47-23

石田衣良
ＩＷＧＰコンプリートガイド

創作秘話から、全エピソード解題、キャラクター紹介まで、ＩＷＧＰの世界を堪能出来るガイドブック決定版。短篇『北口アンダードッグス』を所収。文庫オリジナル特典付き！

い-47-19

石田衣良
キング誕生
池袋ウエストゲートパーク青春篇

高校時代のタカシにはたったひとりの兄タケルがいた。戦国状態の池袋でタカシが兄の仇を討ち、氷のキングになるまでの書き下ろし長編。初めて明かされるシリーズの原点。　（辻村深月）

い-47-20

石田衣良
うつくしい子ども

九歳の少女が殺された。犯人は僕の弟！　なぜ、殺したんだろう。十三歳の弟の心の深部と真実を求め、兄は調査を始める。少年の孤独な闘いと成長を描く感動のミステリー。　（村上貴史）

い-47-2

石田衣良
波のうえの魔術師

謎の老投資家とプータロー青年のコンビが、預金量第三位の大都市銀行を相手に知力の限りを尽くし復讐に挑む。連続ＴＶドラマ化された新世代の経済クライムサスペンス。　（西上心太）

い-47-4

（　）内は解説者。品切の節はご容赦下さい。

石田衣良
アキハバラ@DEEP
五人のおたく青年とコスプレ喫茶のアイドルが裏秋葉原で出会ったとき、ネットに革命を起こすeビジネスが始まる！　ドラマ化、映画化された長篇青春電脳小説。（森川嘉一郎）
い-47-8

石田衣良
シューカツ！
一人の女子大生がマスコミ志望の男女七人の仲間たちで「シューカツプロジェクト」を発動した。目標は難関、マスコミ就職！　若者たちの葛藤、恋愛、苦闘を描く正統派青春小説。（森　健）
い-47-15

石田衣良
夜を守る
ひとり息子を通り魔に殺された老人と出会い、アメ横の平和を守るため、四人の若者がガーディアンとして立ち上がった！　IWGPファンに贈る大興奮のストリート小説。（永江　朗）
い-47-30

石田衣良
コンカツ？
顔もスタイルも悪くないのに、なぜかいい男との出会いがない！　合コンに打ち込む仲良しアラサー4人組は晴れて幸せをつかめるのか？　コンカツエンタメ決定版。（山田昌弘）
い-47-32

石田衣良
余命1年のスタリオン（上下）
「種馬王子」の異名をもつ人気俳優、小早川当馬。公私ともに絶好調の中、がん宣告を受ける。命が尽きるまでに、ぼくは世界に何を残せるのだろう。著者渾身の、愛の物語。（瀧井朝世）
い-47-33

石田衣良
MILK
切実な欲望を抱きながらも、どこかチャーミングなおとなの男女たちを描く10篇を収録。切なさとあたたかさを秘めた、心と身体をざわつかせる刺激的な恋愛短篇集。（いしいのりえ）
い-47-35

（　）内は解説者。品切の節はご容赦下さい。

池井戸　潤

オレたち花のバブル組

あのバブル入行組が帰ってきた。巨額損失を出した老舗ホテル再建、金融庁の嫌みな相手との闘い。絶対に負けられない闘いの結末は？　大ヒット半沢直樹シリーズ第2弾！（村上貴史）

い-64-4

池井戸　潤

シャイロックの子供たち

現金紛失事件の後、行員が失踪!?　上がらない成績、叩き上げの誇り、社内恋愛、家族への思い……事件の裏に透ける行員たちの葛藤。圧巻の金融クライム・ノベル！（霜月　蒼）

い-64-3

池井戸　潤

かばん屋の相続

「妻の元カレ」「手形の行方」「芥のごとく」他。銀行に勤める男たちが、長いサラリーマン人生の中で出会う、さまざまな困難と悲哀。六つの短篇で綴る、文春文庫オリジナル作品。（村上貴史）

い-64-5

池井戸　潤

民王

夢かうつつか、新手のテロか？　総理とその息子に非常事態が発生！　漢字の読めない政治家、酔っぱらい大臣、バカ学生らが入り乱れる痛快政治エンタメ決定版。（村上貴史）

い-64-6

井上荒野

ママがやった

七十九歳の母が七十二歳の父を殺した。「ママはいいわよべつに、刑務所に入ったって」――男女とは、家族とは何か？　ある家族の半世紀を描いた、愛を巡る八つの物語。（池上冬樹）

い-67-5

伊坂幸太郎

死神の精度

俺が仕事をするといつも降るんだ――七日間の調査の後その人間の生死を決める死神たちは音楽を愛し大抵は死を選ぶ。クールでちょっとズレてる死神が見た六つの人生。（沼野充義）

い-70-1

伊坂幸太郎

死神の浮力

娘を殺された山野辺夫妻は、無罪判決を受けた犯人への復讐を計画していた。そこへ人間の死の可否を判定する〝死神〟の千葉がやってきて、彼らと共に犯人を追うが――。（円堂都司昭）

い-70-2

（　）内は解説者。品切の節はご容赦下さい。

阿部和重・伊坂幸太郎
キャプテンサンダーボルト（上下）
大陰謀に巻き込まれた小学校以来の友人コンビ。不死身のテロリストと警察から逃げきり、世界を救え！　人気作家二人がタッグを組んで生まれた徹夜必至のエンタメ大作。（佐々木　敦）
い-70-51

乾《いぬい》　ルカ
カレーなる逆襲！　ポンコツ部員のスパイス戦記
廃部寸前の樽大野球部。部存続の条件は名門・道大とのカレー作り対決!?　ヤル気も希望もゼロの残党部員4人は一念発起するのか否か？　読めば腹ペコな青春小説！　文庫オリジナル。
い-78-4

伊吹有喜
ミッドナイト・バス
故郷に戻り、深夜バスの運転手として二人の子供を育ててきた利一。ある夜、乗客に十六年前に別れた妻の姿が。乗客たちの人間模様を絡めながら家族の再出発を描く感動長篇。（吉田伸子）
い-102-1

岩井俊二
リップヴァンウィンクルの花嫁
「この世界はさ、本当は幸せだらけなんだよ」秘密を抱えながらも愛情を抱きあう女性二人の関係を描き、黒木華、Ｃｏｃｃｏ共演で映画化された、岩井美学が凝縮された渾身の一作。
い-103-1

岩井俊二
ラストレター
「君にまだずっと恋してるって言ったら信じますか？」裕里は亡き姉・未咲のふりをして初恋相手の鏡史郎と文通する――不朽の名作『ラヴレター』につらなる、映画原作小説。（西崎　憲）
い-103-2

いとうみく
車夫
家庭の事情で高校を中退し浅草で人力車夫として働く吉瀬走。大人の世界に足を踏み入れた少年と、同僚や客らとの交流を瑞々しく描く。期待の新鋭、初の文庫化作品。（あさのあつこ）
い-105-1

歌野晶午
ずっとあなたが好きでした
バイト先の女子高生との淡い恋、美少女の転校生へのときめき、人生の夕暮れ時の穏やかな想い……。サプライズ・ミステリーの名手が綴る恋愛小説集は、一筋縄でいくはずがない!?（大矢博子）
う-20-3